卢思浩 作品

A LIGHT IN LIFE

此刻是春天

湖南文艺出版社 博集天卷

·长沙·

决定走过的旅途是否有意义的人，

是我们自己

第一章

CHAPTER 01

此刻是春天

1.

道路有时候是那么拥堵，因为成千上万的人，都必须通过那几条特定的道路，才能到达目的地。每次出行都像是一场冒险，因为你不知道今天的拥堵是否能很快就疏解，也不知道导航上显示的半小时到底会延长多久。等没关系，糟糕的是不知道到底要等多久。

那天的拥堵史无前例，车辆每向前行驶五十米，都需要等待至少十五分钟。有辆车行驶在我的视线前方，一次次试图向左变道，每一次都游走在剐蹭的边缘，终于有辆善良的车给它让了位置。每一次成功加塞的背后，都是另一个司机的忍让，当然加塞的司机不会这么想，他只会赞

第一章

叹自己的开车技术,还会暗骂一句为什么不早点让。不过那辆左右摇摆的车没能比我更早驶出拥堵路段,不久后,我就从侧边超过了它。这时候坐在后头的乘客,第一百次不耐烦地催促我:"你行不行啊,能不能开快点啊?"

我第一百次忍住翻白眼的冲动,摆出笑容,心里想:"嫌慢你坐飞机啊。"

到达目的地时,他很用力地关上了车门,就好像让他迟到这件事得算在我身上。

系统很快给我派了新的一单,上车点很近,于是我提前到达了上车点,停好车后站在路边,看着对面的包子铺,想着是不是还来得及买早饭。

就在五个月前,我还过着往返于公司和家之间的生活,每天两点一线,每天都过得跟前一天差不多。面对着时间的流逝,我内心隐隐生出一种难以说清的情绪,我知道自己或许正在想着什么,但我又避免去深究,不知道自己能从那团乱麻中整理出什么,最后我的答案总会变成同一句,那是一种类似于盲目的乐观:

没关系,过段时间就好了,生活总有一天会真正开始,所有的努力都会得到补偿。

只是我怎么也没想到,生活还没真正开始,公司就先传来了要解散的消息。那天我与同样不知所措的同事聚在一起,也依然找不到任何征兆:前一周我们一如往常地忙碌,老板照常开例会,照常告诉我们上个月的工资会在下周一准时发放。然后在这个周一,他就不见了。在那之后,我如同旋转的陀螺,奔波在各个写字楼之间,总在面试环节就落选:

"很抱歉,整个行业都不行了,现在我们招人很谨慎。"不同的写字楼,同一句话。

远在老家的父母打来电话,我那时正在图书馆,那里挤满了假装自己没失业的人。我也一样,我不知道应该怎么告诉他们这个消息,也不知道到底是哪里出了错。

我按部就班地生活,尽力走好了听到的每一步:努力学习,考上还不错的大学,选择方便就业的专业。在毕业后我顺利地找到了一份工作,公司的位置很好,就在最繁华的商业中心,父母也很满意,觉得体面。那几年我把所有时间都花在工作上,早出晚归,一年到头甚至觉得自己都没有晒到什么太阳。我把自己当作一辆高速行驶的汽车,一门心思地看向前方,一秒钟也不敢停下。

第一章

然后在某个路口,前方亮起红灯,一个指示牌写着:此路不通。

两个月后前同事给我发来信息,邀请我一起开网约车,她说她的老同学开发了一个软件,可以给最低的抽成比例,我听说过那个软件,社媒上铺天盖地都是它的广告。她还告诉我,平台提供车,租金每个月都会从结余里扣。她之所以会找到我,是因为在为数不多的选择里,我是看起来最有时间的那一个,而她也正需要一笔拉新返佣。身边的人早已重新确立生活的主线,只剩下我依然在不停碰壁。那时候我对新一轮的面试已经心灰意冷,左思右想还是答应下来,毕竟房租还等着交,我不得不承认她说的是对的:

总得做点什么。

"怎么样?"不久后她问。
"挺好的。"我这么回答。
其实我真正想说的是,它没有我想象的容易,每天到家的时候我都恨不得倒头就睡。

那些日子,我接到过许许多多乘客,沉默占了其中的一半,结伴同行的人之间也很少交谈。

我记得遇到过一对情侣,上车后就各自盯着手机。两人都戴着耳机,都眉头紧锁,都不说话,那模样就像是手机里都装着一个定时炸弹,好奇心使得他们一定要远远地看到引爆的那个瞬间。在快到目的地时,我听到背后同时传来两声惊呼:"好球!""我就说他们一定会离婚的!"

当然,总还是会遇到健谈的乘客,但那些交谈通常都没有什么明确的意义。

我记得有次遇到一个年轻人,说自己刚从美国回来,对国内的一切都不太熟,没多久他的手机就响了起来,接电话的时候他说的是英语。只是他的英语没有自认为的那么流利,我知道他的心里一定直打鼓,因为在电话响起前,我瞥见他悄悄设置了闹钟。我猜,根本就没有人真的打电话给他。这样的谎话无伤大雅,事实上有时候我也一样,我的人生通常会跟随着乘客的步调而改变,就好像在听到乘客对着电话跟孩子说话的时候,我也会有一个聪明伶俐的女儿,听话,懂事,从不需要我打电话告诉她要学习。无论信与不信,我们都不会拆穿对方,这是陌生人之间的默契。

第一章

只有在个别时刻,在车内沉闷的空气里,会流动几句真诚的话语。

就在遇到李春晖的前一天,我遇到了两个刚参加完同学聚会的乘客,两人说着学生时代曾经喜欢的人、喜欢的漫画、喜欢的歌。在行程即将到达第一个乘客的终点的时候,她说:"新歌会变成老歌,小卖部会变成连锁店,追过的漫画在某一天完结,喜欢过的偶像一个接一个消失,童年的坐标我们都再也找不到,你说,时间这东西,都到哪里去了呢?"

包子铺门前人来又人往,街道上的车一辆接着一辆驶过,前一天听到的那句话忽然又回响在耳边,也带走了我眼前的景象,我看到的是开了倍速的时间:一眨眼,已经开了三个多月的网约车,这期间我依然在投简历,可投出去的简历要么没下文,要么一眼能看出那压根不是什么正规公司。我忽然觉得自己只是在等待希望彻底破灭的那天,等自尊彻底消失的那天,到时候我就再没有把自己留在北京的借口,至于是否能融入故乡的人情社会,别人会怎么看我,到了人生的那一刻,这些事,也就无关紧要了。自尊与现实是一对冤家,可惜的是,总是后者最终战胜前者。

我就是在这时候第一次遇到了李春晖,他上车的时候,车载收音机正播放着一个读书的电台节目,绘声绘色地说着《我与地坛》里的故事。我下意识地想要把音量调低,却听到他突然用兴奋的语调问我:

"你也喜欢史铁生?"

这不过是电台正好播放的节目罢了,但我还是说:"是啊,他的书都挺不错的。"

"可不是,尤其是《我与地坛》,最近我就读了好几遍。"他说。

"哦。"我敷衍了一声。

"你都喜欢读什么书?"

他显然把我当成了一个喜欢读书的人,现在我也只能硬着头皮回答:

"《活着》《许三观卖血记》。"什么有名我就答什么,见他沉默,我又想起了看短视频的时候偶然看到的必读榜,"《百年孤独》《月亮与六便士》《被讨厌的勇气》。"说完之后我就后悔了,这些书里的主人公叫什么我都不知道。

"都是有名的书嘛,"他果然这么说,"不过比起《月亮与六便士》,我还是更喜欢毛姆的《人性的枷锁》,对了,《活着》真是一本好书,余华是一个再好不过的作家。"

接着我随口应付了几句,回想起来说的都是一些不痛不痒的话,我们的交谈在不久后被沉默打断,他也很快到达了目的地。我当时以为这就是一个完全不相干的人,没想到在一个多小时后,我又接到了他的订单。那时候我正站在路边活动筋骨,心想再这么开下去非得腰椎间盘突出不可,身后突然传来一声:"这么巧?"

我回过头,在疑惑中想起眼前的中年人正是之前下车的乘客,我刚接完两单,又回到了他下车的地点附近。我琢磨着之前是不是也遇到过类似的情况,平台的车也不至于那么少,想想有时候就是这样,生活总是充满了各种各样的缘分,就好像有那么几天从小区出来的时候,我总能看到同一辆车。接着我看到他手里抱着一个不大的普通纸盒,就好像他的长相一样平平无奇,这就是我当时对他的印象。他出乎意料地没有选择坐在后座,而是打开了副驾驶座的门,我正想着是不是该提醒他一句坐在后座更合适,就听到他说:

"我今天有好几个地方要去,能一直坐你的车吗?"

一遇到包车，就不知道会开到什么鬼地方去，那里的路绝对不好开，但我转念一想，平台最近派的单都很离谱，一会儿东一会儿西，上车点都隔得很远，也不知道会遇到什么样的乘客，能一天遇到两次的乘客，也算是有缘。于是我说："你先告诉我都要去哪儿。"

李春晖告诉了我两个地址，第一个地址不算太远，第二个地址果然是郊区，他接着说："最后就回这儿附近，离这里也就十公里的路。"

"平台有个包车功能，你自己找找，"我说，"话说在前头，包车的时长是你自己下单前决定的，提前结束也得按那个时长算，如果超时了，超出的每个小时的费用会比之前高。还有，不能连续开车太久，安全第一，平台也会强制休息。这些我都跟你说清楚了啊，到时候你可别投诉。"

"没问题，"李春晖说，"能包车就最方便了。"

我点了点头，看到他选择了十个小时。摆在我面前的选项很简单，这会儿是上午十点半，接下来要么开快一点，争取提前结束，要么就随机应变，等快到十小时的时候，能拖一会儿就拖一会儿。当然，最好还是八个小时内就能结束，这样算下来也就晚上六点多，休整休整再接两单，还能早点回家躺着。

第一章

窗外的街景缓慢地倒退着，电台的节目依然在继续，这时候导播插了一段广告，阳光出现在正前方，我又回到了该死的五环上。那天的拥堵路段始终拥堵，似乎是因为交通管制，你知道的，你总得让路。眼看着十五分钟过去，我的车几乎没有向前移动半分。我不由得叹了口气，余光又看到李春晖在小心翼翼地整理纸盒，他先是掏出了一袋猫粮，又从猫粮下方抽出三本书，竖着放入纸盒的左侧，最后拿出一袋种子，放在了猫粮的上头。

书，猫粮，种子……还真是奇怪的组合。那时候的我还不知道，一年又八个月后，这个纸盒会再一次出现在我的面前。

我看向远方，心想又是漫长的一天，又是无尽的拥堵，又是无聊的一个多小时，这时候身旁的这个叫李春晖的中年人，像是为了打破沉默般，忽然开了口。我知道，人们会在有明确保质期的缘分中，偶尔透露出坦诚，就好像在一段又一段的毫无意义的对话中，总有那么几句是真诚的。

但我没有料到李春晖所讲的故事，会从他最早的记忆开始。

2.

一九八六年的夏天,我坐在一辆破旧的出租车里,父亲坐在前头抽着烟,母亲跟我坐在后座。阳光从父亲的那一侧打进来,也照亮了车里弥漫的烟雾,我记得自己被呛得眼泪直流。这就是我脑海里的第一幅画面,那时候我六岁。在往后的岁月里,我一次次地试图把回忆向前推,可怎么也无法在迷雾中看到任何画面。这让我再一次意识到,我们无法自主选择自己的第一份回忆,即便那份回忆谈不上美好,我们也始终会回到那个地方。

我记得六岁的那个我想要打开窗户,那时候的车不像现在,按钮一按,车窗就能打开。那辆破旧的出租车的车窗下,只有一个同样破旧的旋转把手,无论我转动多少次把手,窗户始终纹丝不动。我越是用力,就越是显得徒劳,没多久,把手居然掉在了我手里。父亲回过头,他冷漠的目光穿过了烟雾,我看不清他的脸,却能牢牢记住那个眼神,他对我说:

"你还要弄坏多少东西?"

我的嘴唇哆哆嗦嗦,我的口吃阻碍了我的思考,也阻碍了我的语言。

"不是他弄坏的,"母亲说,"这把手本来就是要掉下来的。"

"你让他自己说。"

我感觉到母亲用力地握住了我的手,这一刻我是多么想要顺畅地为自己辩驳,然而我努力说出来的话却磕磕巴巴:"不是我弄……弄坏的,它本来就……就坏……坏了。"

羞愧使我的脸涨得通红,而父亲只是沉默地摇了摇头,随后便把视线挪回了前方。母亲从我手里拿过把手,把它轻轻安了回去,对我说:"这样就好了。"又对父亲说:"你把孩子给吓到了。"

父亲的回答代表了他的满不在乎:"要真这么容易就被吓到,将来也不会有什么出息。"

母亲把一本画册递给我,轻声说:"来,看会儿书吧,别听你爸的。"

六岁的我其实什么都读不懂,哪怕是画册我也只是一知半解,但我喜欢书的味道,只要能闻到书的味道就觉得平静,所以我凑近了那本书,鼻子几乎紧贴着书页。母亲笑着问我:"靠这么近你能看清什么?"我无法告诉母亲,我是想用书的味道,来抵挡车里弥漫的烟臭味。出租车停下的时候,我靠着车窗睡着了,父亲把我手里的画册抽走,我睁开眼迷迷糊糊地跟着他下了车。一间破旧的平房出现在眼前,门前站着一个戴着墨镜的老人家,他扎着辫子,身穿的黑袍背后满是灰尘,裤子也很不合身,就好像是从哪里刚拿出来,临时穿在身上似的。当他与父亲说话的时候,我的目光看向那间平房,屋子里是那么昏暗,就像是所有的阳光在看到这间小屋的时候,都主动选择绕道走。然后我听到了父亲的声音,他说:

"我小时候村子里也有人说话结结巴巴,就是这个算命大师给治好的。"

父亲的话让眼前的老人家充满了神秘色彩,接着老人家把我带进小屋,让我正对着他坐下。他先是让我伸出舌头,又摸了摸我的手,接着敲了敲我的头顶,摸了摸我的鼻梁和肩膀。我发觉他的双手是那么光滑圆润,没有一点岁月的痕迹,他看我手相的时候,我还以为自己碰到的是另一个孩子的手。然后他嘴里念念有词,边说边烧起一张符咒样的东西,烧落的灰掉在碗里。我充满好奇地看向那碗黑水时,还不知道自己即将要喝了它。我无法形容那碗黑水的味道,只觉得有什么卡在喉咙里。这时候那个算命

第一章

大师说:"不能吐,咽下去!"

父亲见状走了过来,挡住了我前头的光,他也说:"咽下去!咽!咽下去就什么都好了!"

我紧闭双眼,又用力咽了几口唾沫,终于觉得喉咙舒畅了些,再睁开眼的时候,看到一根柳枝杵在我眼前。算命大师说:"把柳枝拿回去,好好供着,它在,仙就在。"

接着他又对父亲说:"每年三月和九月的初三,记得回来供养柳大仙。"

那时候的我还不知道,他嘴里能保佑我的大仙,就是平房旁边的那棵柳树。后来临走时我又听到了父亲的声音,他说:"这孩子从生下来就比别人麻烦。"

这之后的记忆又是一片空白,时间的钟摆左右摇摆,我在另一头看到的是八岁的自己。那天傍晚,父亲接到了一个电话,电话的内容是一场早已确定的拆迁,拆的是我六岁时见到的那间小屋,它旁边的那棵柳树也被挖走。父亲走到我的房间,又走到大门前,愤怒地把柳枝烧得一干二净。八岁的我惊讶地看着眼前发生的一切,心里写满了恐惧,因为那根柳枝承载着我的所有希望。第二天的早晨,我从不安的梦境中醒过来时,发现眼前有无数个蠕动着的小黑点,头顶的天花板距离我是那么近,我的身体就像是飘浮在天上。我张开嘴喊叫，却发不出声音，双脚又没法支撑身体，只能努力地敲了敲床板。母亲在前院竟然听到了声响，我在迷迷糊糊中看到了她焦急的表情，然后我记得自己被她紧紧地抱在了怀里。母亲边跑边对我说：

"妈现在就带你去医院，一会儿就到，你撑住。"

我记得自己点了点头，不久后感觉到有水一滴滴地落在我头顶，抬头一看母亲的脸颊上全是汗。到医院躺下后，有个陌生的叔叔摸了摸我的额头，听了会儿我的心跳，掀开我的眼皮，又用"雪糕棒"看了看我的舌苔，他对我母亲说："没什么大事，低烧，一会儿应该就能退烧了。"

这位小城里新来的医生端来了一碗干净的热水，让我吃了药，又给我打了针。等我再醒过来的时候，视线前方的吊瓶晃晃悠悠，我觉得自己好了许多，坐起来的时候听到医生和母亲的讨论，他说：

"这孩子大舌头是因为舌系带短了。"

"什么是舌系带？"母亲问。

医生说："就是舌筋，他的问题不大，做一个很简单的手术就能好。"

我听到母亲的声音里没有丝毫犹豫,她说:"能今天顺带就做了吗?"

医生说:"最好还是等一两天,看看孩子的烧退没退,还得做几个检查。"

母亲沉默了一会儿,问:"那孩子能住院吗?什么时候做完手术什么时候出院。"

我没有听到医生的回答,但我想他应该是在沉默中点了点头,因为这时候他们发现我已经醒了,母亲走到我身边时,我看到她的眼神里充满了喜悦。

明确表示信不过西医的父亲,在傍晚的时候才出现在医院。他先是冷漠地看着我,随后又一声不吭地把母亲接回了家里。我记得第二天醒过来后,做了好几个检查,手术的过程我已经无法完整回忆,下一段记忆是母亲坐在我的床头,她手里拿着几本书,上面写满了拼音,母亲挑了我名字里的一个字,让我跟着她念,"chun","春"。我惊讶地发现自己的舌头似乎是摆脱了某种束缚,但还是没有办法念出"春",只能发出一个介于"村"和"春"之间的音。即便如此,母亲还是兴奋地抱起了我,说:"我孩子能说对自己的名字了。"我感觉到她的眼泪打在我的肩膀上,她接着说:"这两天你少说话,医生说你需要好好休息,舌头下的伤口虽小,但也需要一点时间愈合。过段时间妈妈再来教你。"

几天后我终于能够念对自己的名字时,父亲的脸上先是充满了讶异,随后爆发出狂喜,他的脸上充满了我未曾见过的光彩,那种光彩使幼小的我莫名地感到了某种自豪。父亲点了点头,又拿出教科书,说:"念几句我听听。"他还不知道我舌头下的伤口刚好没多久,不知道我能顺畅地念出自己的名字,是因为母亲一遍遍纠正的耐心,也不知道我还需要时间来一点点改变原有的发音习惯,于是在发觉我又结结巴巴的时候,失望就再次回到了他脸上。

那些日子的傍晚,母亲都会拿出拼音书,教我认字,教我发音。无论我学得有多慢,发音有多不标准,母亲总是为我的每一个进步而喜悦,说:
"妈妈相信你,你不比别人差,你比他们都聪明,因为你真正学习的时间比他们短多了。"
又说:
"妈妈觉得你是全世界最聪明的孩子。"

第一章

我想要回应母亲的坚定,于是在父母都睡着的夜里,我看着月亮,一遍遍朗诵那首最著名也是最先学的《静夜思》:"床前明月光,疑是地上霜。举头望明月,低头思故乡。"

"疑是地上霜"这句是最难的,三个卷舌音考验着我,但我相信只要能背好这首诗,剩下的问题一定都可以迎刃而解。我一遍遍地朗诵,一遍遍地练习,一遍遍地看着那永远挂在天边的月亮,踮起脚尖试着离月亮更近一点,这样月光就能够柔软地照在我身上,能让我顺利地把每一个音节都念得恰到好处。终于我迎来了一九八八年的最后一天,在家族聚会上,我听到长辈们问:"这孩子现在能流利地说话啦?"我父亲摇摇头,回道:"很多翘舌音还是不会说,说话也需要反应一下,等于不会说。"

我第一次站了起来,大声地背诵起《静夜思》。背完整首诗的时候,时间好像睡着了两秒,一切都是那么缓慢,在那之后时间又苏醒了,所有的声音都充满活力地奔向了我的耳朵,那是父亲得意扬扬的声音:

"你们是不知道,为了能让这孩子顺利地说话,我花费了多大的力气。"

我看向父亲,又久久地看向了母亲,她没有说话,脸上浮现出一个灿烂的笑容，我刚想对母亲的表情做出回应，却又听到了父亲的声音，他让我站在所有人面前，接着对我说："春晖，来，再多背几首。"

我的大脑瞬间一片空白，只记得自己耳朵发烫，双眼牢牢地看着地板。

3.

太阳逐渐走向天空的正中央，车依然一动不动。我好奇在北京的人为什么可以一直这么忙碌，这么多人需要赶去的地方又都是哪里。又是二十分钟过去，导航显示我只前进了一公里。我得承认，一个人是很难对另一个人感同身受的，即便李春晖的语气足够平缓又温和，听着像是在散步。他似乎并不需要我做出任何回应，事实也确实如此。他还会时不时地停下，适时的沉默后，在合适且安全的路段继续。然而我还是边听边想着我自己的事，他的声音遥远得跟电台的广播没什么两样。

说到底，他的人生跟我有什么关系呢？等今天过去，我们就会成为两个陌生人，在偌大的城市再也没有见面的

第一章

缘分，我可不相信还能再一次在哪儿遇到他。我并不特别想知道他的故事，也不希望乘客对我说什么长篇大论。以往的经验告诉我，每个人都有往事想说，但都希望别人能扮演那个倾听的角色，不希望自己去听别人的，到最后那些往事只会来回打转，所谓追忆也不过是想要抱怨现状。我之所以没有打断李春晖，是因为他的故事不算太长，我还能接受。我心想或许是因为他现在坐在一辆车里，所以触景生情地想起了小时候，过一会儿，他自己就会发现没什么好说的。过往的经验还告诉我，陌生人之间，能敷衍就敷衍，真心话最好都别说，否则只会给彼此带来麻烦。

这时候李春晖沉默了一阵，车道依然拥挤，前方车辆一动不动，排在我前头的司机打开车门走下车，想看看到底是从哪里开始堵死的，但看起来似乎是一无所获。我稍稍转过头，打量了一眼诉说着自己的陌生人。现在是二〇二三年八月，算起来他应该四十三岁，可他看起来比自己的实际年龄至少老了十岁。他的头发还没有稀疏，但已经生出许多白发，脸上谈不上有什么好气色，额头上的皱纹也够深的。他的穿着也很奇怪，事后回想起来，是因为衣服和裤子都是以前的款式，干干净净，没有褶皱，一看就知道平时都有好好打理，却又很不合身，像是从头到脚都买大了一号。

我忽然觉得有些恐慌,却又不知道这种情绪到底从何而来。我脑海里还残存着他刚刚说的话,就像听完一首歌对歌词毫无印象,却能记得些许旋律一样,我意识到他的话语里没有半点生涩,虽然说得很慢,可每个字的发音听起来都足够精准,这与他故事里的自己截然不同。他的用词也太正式,那时候我想不通他为什么要向我诉说过往,又为什么要用那样的方式诉说。

阳光从风挡玻璃照进来,正对着他小心翼翼地捧在手里的纸盒,我又想到纸盒里古怪的组合:猫粮,种子,书。接着我看向远方,眼看还是不知道要堵到什么时候,第一个目的地看起来居然那么遥远。现在回想起来,那真是奇妙的画面,车道堵起长龙,每个司机都是那么急躁,每辆车之间的间隔永远不超过一米,可车窗外的天气倒是很好,天蓝得像海,只有几片云不紧不慢地飘在天空。这个世界好像从来不需要赶路,太阳照常升起,照常落下,只有在这世界里生活的人,才需要急急忙忙地去往一个又一个地方。这时候我又听到了李春晖的声音,他说:

"那天也是这样的好天气。"

第一章

4.

那天也是这样的好天气。

我十一岁那年,一辆卡车撞倒了母亲,两天后她就离开了我,彻彻底底地离开了我。在卡车载着死神到来的前一天晚上,母亲照常辅导我做作业,那时候我已经基本上能够准确地发音,只是不能说太快,有些词在说出来之前需要在脑袋里先过一遍。我的成绩很好,尤其是语文,母亲常常对我说:"好好上学,你就能离开这儿,成为一个了不起的人。"

然后她会半躺在我身旁,跟我说那些书里的故事。她喜欢读书,喜欢读各种各样的书,她说有很多年,她都没机会读到什么书,现在日子才总算好了起来,文化总算能够重新流动。她很高兴我喜欢语文,喜欢读书。我没有告诉母亲,其实比起自己读书,我更喜欢听她讲书里的故事,我喜欢她的声音,也喜欢讲故事时的母亲,她的脸上总洋溢着平日里少见的笑容。

在我的故乡,人死了,会在家里先设几天的灵堂,我的母亲就躺在那儿，听着来来往往的人说话。她看上去就像是睡着了，所以我也对她说话。我说："现在课本里的每个字我都会念了。"我说："我会拿全班第一的，我还会成为了不起的人。"我还说："妈妈，我昨天没有睡好。"我多么希望母亲能给我一个回应，然而没有，她只是静静地躺在那儿。于是我第一次明白了什么是死亡，死亡就是再也没有办法听到熟悉的声音。

母亲出殡的那一天，天很蓝，就跟今天一样，几朵白云挂在空中，不紧不慢地飘向前方，世界依然在照常运转，山脚下的第一朵花静悄悄地开了。我讨厌那朵花，它的盛开背叛了我，我很想把那朵花给折断，只是没有这么做的机会。我跟着送葬的队伍，一步步走向殡仪馆，中途不能耽搁。一路上我无数次想冲着所有人说："我妈妈只是睡着了，你们不能把她烧成灰，否则她永远不会醒。"可我还是没能说出口。一路上总有人过来摸我的头，我讨厌他们哀伤的眼神，讨厌他们挤出的笑容，讨厌他们对我说的每一句话。后来我们的队伍越走越快，越走越着急，因为迟到了就赶不上预约的好时候。我们早到了十分钟，却不得不多等了半小时，因为排在我们前头的人似乎很重要。

第一章

那几天发生的所有事我都不明白。

我不明白为什么卡车会突然失控；我不明白为什么所有人都还能吃得下饭，还能唠起家常，就好像没有人在真正悲伤；我不明白为什么天空可以那么蓝；我不明白为什么前几天还在跟我说话的人，现在正被大火包围着。那是我第一次知道，火化的味道跟焦油燃烧的味道没什么两样，烟囱里冒出的烟，是我母亲最后的痕迹。我看向一旁的父亲，他正跟身边的人商量着什么，我想他们应该是在确认接下来的流程，殡仪馆只会给人短暂的悲伤时间，而这短暂的时间，也按秒收着费。一个人的死，也不过是变成流程的一部分。我看到父亲手里的烟一根接着一根，所有的表情都被埋在烟雾里。然后我看到他蹲了下来，我站在一旁，抬头看到烟囱不再冒出白烟，我奇怪自己居然没有流下一滴泪。

我没能继续跟着送葬的队伍去墓地，因为在临出发的时候，我的胃突然传来一阵绞痛，让我根本没办法继续行走。我只能被亲戚送回家，她关切地看着我，说："你还这么小。"然后她摇了摇头，抿着嘴，问我需要什么。我说我什么都不需要，因为我感觉好多了。当她还想要说话的时候，我忽然大声地吼了句：

"让我一个人待着。"

她愣在原地,随后轻轻地关上了我的房门。

当我知道只剩我自己一个人的时候,我坐起了身,脚步带着我走进了母亲的书房。其实那也很难称得上书房,只不过是一个摆满了书的角落,有一张小小的桌子。我看到有几本书摆在桌上,还有许多书就堆在地上,它们中的许多还没有拆封。我想到母亲再也没有办法读这些书了,胃又疼了起来。我拿起母亲最喜欢的那几本书,走回房间的时候觉得眼前的一切是那么不一样,就像是走进了一个重力不同的世界,我感觉不到双脚的重量。

我打开书,开始自己给自己念起书里的故事,我跟着记忆里母亲的习惯,跟着母亲的声音,跟着母亲的节奏,我的回忆使得重量重新回归我的身体。窗外的阳光让房间里充满了光亮,也让书上的文字变得刺眼,我走到窗边把窗帘给拉上,把世界隔绝在外头。可这么一起身,我就再也读不进去什么书了,我躺回床上,把头埋进枕头里,我等待着,等待着,等一个熟悉的声音再次响起:

"好好睡一觉,明天早上见。"

可我只等来了风吹动窗帘的声音，好几次我都想睁开眼，可害怕一旦睁开眼，就不能再听到那个熟悉的声音。就这样，不知道过了多久，风逐渐停歇，我的耳边一片寂静，随之而来的是脑海里的其他声音，是这些天人们一直对我说的话：

"你还这么小。"

"太可怜了，别太难过。"

"你妈妈去了一个很好的地方。"

在被窝里的我忽然觉得浑身发冷，像是走进了漫天大雪里。

"你妈妈去了一个很好的地方。"

很好的地方？我妈妈去了很好的地方，那个没有我的地方，是很好的地方？

我的胃又开始疼了，我用力地一遍遍敲打自己的肚子，到最后也不知道身上到底哪里疼。我蜷缩起来，把自己埋进被子，把脸埋进膝盖，试图让胃暖和一点，也试图不再听到脑海里的声音。终于我再也听不到任何其他的声音，我听到了自己的哭泣声。

第二章

CHAPTER 02

此刻是春天

1.

"三十多年过去了,"李春晖说,"有时候我还是会在梦里见到她,但我已经比她离开我的时候都老了。我没能看到她老去之后的样子。"说完这段话,他沉默了好一会儿,车里只剩下突兀的电台声。

我一时间被搞糊涂了,从未有人这么跟我说起过自己过世的母亲,更何况我们两个根本就是陌生人。随后我想李春晖的生活一定是孤独的,一定没有什么人听他说话,因为没办法独自承受往事的重量,所以在上车后,他就像是抓住了救命稻草。接着我问自己是不是应该说点什么,就像所有人在听到这样的故事时,都会给出应有的回应一

第二章

样,但我实在想不到有什么话可以说。我没有经历过类似的痛苦,我心里清楚人会老,也明白人有一天终究会离开,但那样的场景我连在梦里都没有见过,我始终不愿意也没有勇气去设想父母离开时的场景。

我皱起了眉,忽然觉得李春晖说的故事是那么晦气,又莫名地对会觉得晦气的自己感到厌恶。

眼前的拥堵让我彻底不耐烦起来,在路过一个出口的时候,我直接拐出了环路。导航显示的到达时间推迟了十五分钟,我"啧"了一声,又怕被投诉,转过头跟李春晖解释:"看起来是会晚点到,但总比堵在环路上好,有好几次我就是信了导航,结果晚了一个小时。"

这时候李春晖忽然用抱歉的语气说:"不好意思啊,不知不觉就说了这么多。"

我愣了一下,随口应了句,又看了眼导航,说起来要去的那家书店名字真是够奇怪的,居然叫"小姜书店",这年头还有人这么起名,谁会去起这种名字的书店?

李春晖也看了眼导航,他接下来的话让我知道,刚才我自顾自的推断并不准确,因为他今天第一个要见的,是他最好的朋友,那家书店就是他朋友开的。只要有机会,他们就一定会见面,即使不见面,也保持着联系。

接着他说起他们的相遇,而我想起了刚失业的那段日子里,我还跟前同事们聚在一起吃过几次饭,说过几次话。吃饭的时候我们聊得很热烈,告别的时候依依惜别,但回到家,又觉得好像什么都没说。那时候我的手机里也还是会有几条来自他们的微信,我们彼此问"最近怎么样",现在我们不再问"最近怎么样",因为好消息让另一个人痛苦,而坏消息又让我们彼此都腻烦。

2.

母亲走后,家里变得越来越安静,没有人再跟我说起书里的故事。

父亲原本就是一个容易愤怒的人,母亲走后,再也没有人能够遏制他的怒火。他像是一个鼓起的气球,时刻处于爆炸的临界点,按照他的话来说,他有理由责备一切。有一次我听到他对我的爷爷说:"都是因为你当年不让我去做生意,你看看别人,你再看看我。"可又有一次我听到他对另一个叔叔说:"你看看那些做生意的人,发迹了就当不认识我们了,忘本的人,没什么好下场。"

我升上了初中,那些日子,除了学习,我所做的,只

第二章

是一门心思地看书。课间其他同学都在玩沙包、玩洋画的时候,我只是坐在那儿。放学回家时,我总是等所有同学先走,然后才背上书包踢着石子慢慢走回家。现在回想起来,除了心里的难过,还有另一种情绪在作祟:我始终觉得自己低人一等。别人能正常说话的时候,我不能;别人理所当然拥有的母爱,我却没有。我不想看到别的孩子都有家人来接,只有我是一个人。

那时候我家附近有一座小山,海拔只有七十米,爬到最高处只需要半个多小时。我总是在放假的时候一个人爬到山上去,在接近山顶的土坡上默默坐着。我想我是在那时候才真正喜欢上读书的,我终于能够靠自己在书里看到另一个世界,那个世界很大,也很不一样,那里没有学校的琐事,没有父亲的愤怒,没有融入不了的环境。我可以跟随书本里的故事,想去哪里就去哪里,时而遨游,时而飞翔,在文字的世界里,我是自由的。

在山上坐着的那些日子里,一连好几天,我都远远地看到一只白色的小猫,它浑身上下没有一点杂色,只是很脏,瘸了一条腿。不知道为什么,看到它的第一眼,我心里就生出一种异样的亲近感。可我知道家里是不可能养猫的,父亲会直接把猫给丢出去。后来的一天,我买了火腿肠带在身上,坐下前先掰成小块,再向着它的方向扔过去。它被吓了一跳,眨眼就消失在了草丛里。

过了许久,它才小心翼翼地探出半个脑袋,慢慢地靠近火腿肠,每走一步都四处张望。我怕发出声音,连书页都不敢翻,眼睛对着书上的字,余光一直看着它,确认它是不是真的愿意吃。那之后,只要我去那里,都会随身带根火腿肠,只要它出现,我就远远地把火腿肠扔过去,一动不动,等它飞快地吃完,我才心满意足地打开书。直到一天下午,我刚走到山头,意外地发现它懒洋洋地躺在土坡上,像是在等着我似的。我说:

"你挡到我的座位了。"

它舔了舔毛,没有挪窝的意思,我摇了摇头,坐在了旁边的地上。

就这样,猫坐在我的位置,我坐在它旁边,我们一同打发周末下午的时光。我读完书里的故事,看向山脚下的县城时,觉得黄昏的阳光仿佛把世界染上了一层金色。随后我回过头看向小猫,觉得应该给它起个名字,我是春天出生的,所以名字里有个"春"字,既然我是在夏天遇见的它，干脆就叫它夏天。从此以后夏天就不再是一只普通的流浪猫，有了名字，它就成了我的朋友。我突然很想把书里的故事都念给它听，这是母亲留给我的习惯，我以为它会很快不耐烦，但等我念完一段很长的故事，夏天都待在那儿没走。不知不觉间我跟它说起了许多事，说着说着我意外地发现，原来我有那么多话可以说，原来我的每一个字都能发音标准。

初二那一年，学校组织作文大赛，说是比赛，其实就是一个任务，每个人都得写一篇作文，内容不限，体裁不限。我想了想，决定写一个童话故事，写一只会说话的猫。

我获得了三等奖。

许多年后，我还是会偶尔回想起这件事，我依然无法理解，为什么那篇流水账一样的作文能够拿三等奖，或许是因为老师们觉得那篇作文别开生面，或许我应该跟所有人一样，写身边发生的正常故事。

不知为何，即使我与父亲之间的交流越来越少，我也希望父亲能因为我，至少露出一秒钟的笑容，露出我八岁时看到的那种光彩。他嘴里常念叨的，就是希望我能有本事,好让他能在别人面前抬起头来。可我没想到他听完我获奖的消息之后没有任何反应,只是从桌上拿起一根烟,冷漠地问:"你的数学成绩是不是退步了?"

第二天我到学校,公告栏上贴着九篇作文,一个一等奖,三个二等奖,五个三等奖。我的作文被贴在公告栏的最下方,那时候我恰好遇到几个同班同学,正在朗读:

"我最好的朋友,是一只会说话的白色小猫。"

我低下了头,希望所有人都不要注意到我,但在刚走到班级门口的时候,我就意识到自己的作文早就被人抄了一份,刺耳的声音一阵接着一阵。

"这不是能听懂猫说话的李春晖吗?"班里有人说。

"那是一个童话故事。"我试着解释。

"大作家的朋友就是跟我们不一样。"他继续说。

我诧异地看着眼前的同学,我不知道自己是不是在什么时候得罪了他,紧张使得我再开口时卷舌音不翼而飞:"我不……不四……森么作家。"

"不四,不四是什么东西?"他兴奋地喊叫起来。

我又辩驳了一句,可说出的话结结巴巴,很快我就被淹没在了鹦鹉学舌的哄笑声中。

第二章

在那个瞬间,我想起了母亲,如果母亲还在,那么哄笑声再大也无所谓,她一定会自豪地跟我说"你写得特别好,我很喜欢",我最想念的就是她的声音。接着我脑海中隐约冒出了一个念头,或许要到很久以后,我才能不再回忆起眼前的画面,也不再因此而觉得难过。

那个周末,父亲又早早地出了门,我回到了那座小山,回到了那个土坡,夏天就坐在那儿等着我。我告诉它"我把你写进了作文里",它伸了个懒腰;我问它"今天你还想听书里的故事吗",它翻了个身,像宝石一样的眼睛紧紧盯着我。我把作文读给它听,又把书里的故事读给它听,故事的主人公满世界寻找宝藏,正经历着一个又一个冒险。我刚把书合上,忽然听到身后传来声音。我的同学姜越顺着山路爬到了土坡,他问:

"你怎么一个人在这儿?"

我被吓了一跳,夏天也是,一眨眼就跑没影了。

他接着问:"你刚才跟谁说话呢?"

"没谁。"

这时候他的脚步忽然停了下来,我知道他一定是看到了夏天,于是我慌慌张张地站起来,简直想要逃离这个地方,没想到姜越轻手轻脚地蹲了下来,眼神直盯盯地看着

草丛,我这才发现夏天又好奇地探出了半个脑袋,在绿色的草丛中很是显眼。接着我听到姜越嘴里嘟哝着说:

"早知道我就带吃的来了。"

他的话将我的双脚钉在了原地,我听到他轻声问我:

"你肯定很喜欢猫吧?"

就在上一秒,我还想着怎么逃离这个地方,他的这句话让我们之间的距离迅速拉近,但我还是犹豫了一下,才点了点头。

姜越抬起头,露出善意的笑容,我知道那是善意的笑容,因为它跟我在学校里所见到的都不太一样,他说:"我看到你写的那篇作文了。我家以前也有一只猫,散养的狸花猫。它很厉害,家里每一只老鼠都抓得到。我也很喜欢它,常常跟它说话,就像你作文里写的那样。"

然后他的声音稍稍低了下去:"有一天,它不小心吃了老鼠药……"

我看到他深呼吸了一下,又抬起头笑着说:"你的那篇作文写得真的很好,很有趣。"

不知不觉中,他走到了我的身旁,夏天大概也察觉到了眼前的人没有恶意,一瘸一拐地回到我的身边,"喵"了一声,意思是姜越占了它的位置。姜越"哦"了一声,看着我说:"怪不得你刚才坐在地上。"

"其实很早以前我就看到你老往这座山上跑了。"他接着说。

我愣了一下,我没想到有人能注意到这一点。我看到他的嘴巴又张了一下,可没听到任何声音,过了几分钟,他才说:

"听说你妈妈去世了。"

我记得他涨红的脸,他说话时的语气是那么小心翼翼。我沉默了一会儿,说:

"是的。"

姜越轻轻拍了拍我的肩膀,他的眼神里也充满了悲哀,他说:

"我也没有妈妈。"

他的话使我大吃一惊,随后我想起了镇里流传的一些风言风语,当我准备开口说些什么的时候,姜越却忽然站了起来,问我:"要不要去后山?我今天来是因为买了这个。"

我看到他举起了手里的铁盒,接着他把铁盒打开,里面躺着一张纸。他把纸小心翼翼地撕成两半,把其中一半递给我，说：

"学校里不是流行什么写给十年后的自己的信嘛，我就去小卖部买了这个铁盒，我们可以把未来想要做的事写下来，就埋在后山，现在我们十三岁，等到了三十岁，我们再回到这里，一起打开铁盒，看看我们有没有成为想成为的人。"

3.

有那么一瞬间，我想开口问问李春晖，他们在铁盒里都写下了什么。不过这时候我们即将抵达包车的第一个目的地，多问一嘴，可能就会多耽搁一会儿。于是我踩了踩刹车，转过一个弯，那家书店就在道路的另一头。李春晖这时却让我把车停下，他告诉我，要去的书店就在正对面，需要从眼前的铁轨下头的通道里穿过去。开车也能过去，但还是走路更方便。

好在导航显示距离目的地也就不到一公里了。我跟着李春晖走下车，觉得眼前的街道有些异样，现在将近中午十二点，在北京城区，无论走到哪儿都能看到一望无际的人群，无论开到哪儿都是排着队的车龙，但我现在所在的

第二章

地方，居然只能看到三三两两的行人，悠悠闲闲，走得不紧不慢，车更是没有几辆。

我们一路走向铁轨下的通道，在经历了短暂的黑暗后，视线前方出现了一道灰色的围墙，顺着围墙又走了一会儿，我看到了一片巨大的草坪，草坪上种着被修剪成圆球形状的黄杨，一字排开，每一棵都被修剪得很好。我联想起手机上的游戏，如果是在消消乐游戏里，这些黄杨简直可以被一键消除。草坪的树荫下躺着几只猫，各有各的睡姿，各有各的稀奇古怪，从这片草坪边上走过去，一个小小的书店出现在我们面前，满是岁月痕迹的招牌上，用毛笔工工整整地手写了四个字：小姜书店。

书店门前，一个男人向我们挥着手跑了过来。他站在我们跟前的时候，我发觉他的身材比我大了一整圈，皮肤晒得黝黑，看起来比李春晖年轻至少十岁。我觉得他怎么看都不像是一家书店的主人，又听到他说："我就知道你快到了。"

"都说了不用在门口等我，我又不是第一次来你这儿。"

"我也是算好时间刚出来的。"他满面笑容地回答。可我看到他脸上和身上都是汗，怎么都不觉得他只是刚刚出

门。这时候他看向我,半开玩笑地问李春晖:

"春晖,你还有我不知道的朋友呢?"

我愣了一下,一时间不知道自己的脚步为什么会跟着李春晖,大中午的,我把车换个地方停下,在车里待着就是了。李春晖解释了一句,又回过头笑着对我说:

"他就是我刚才跟你说的姜越。"

"怎么还提到我了?"姜越笑着说,又招呼我,"好了,快进去吧。我这家书店,可是很有意思的。"

第三章

CHAPTER 03

此刻是春天

此 刻 是 春 天

1.

我环顾四周,不大的店里堆满了书,墙边的一排排书架足有两层楼高,挡住了窗外的阳光。通往柜台的路也因为书桌的存在而弯弯曲曲,我看着眼前的书,脑海里浮现出刚才拥堵的五环路。书店的空气里有一股霉味,仔细一看,除了门口放着几排新书,店里摆着的大多是二手书,每本书都有翻阅过的痕迹,封面都翘了一个角。我随手打开一本,看到扉页上还留着上一个主人的名字,落款日期是二〇〇四年十月。我又随手翻了几页,看到书里密密麻麻写满了读书笔记,只觉得头疼。

这时候我发现柜台的后头有个小门,无所事事的我走

第三章

了过去,站在门口向里头瞥了一眼,发现里头都是各种各样的老物件,是只在电视里见过的收音机、旧唱片、旧摆件、旧台灯,甚至还有燃油灯。墙上贴满了海报,我只认得一张,是年轻时的刘德华,用二十世纪特有的红色粗体字写着《神雕侠侣》。身后传来姜越的声音,他向我一一介绍后,又说:

"看着很不错吧?"

我问了句为什么会想到收集这些。他这么说:

"时间流逝得太快了,许多东西如果不收集起来,都没法意识到它们真的存在过。我不想让自己的回忆因为时间变得模糊,所以呢,就用自己的方式把时间给留住,也能通过老物件看到时间到底是怎么一点点溜走的。"

说完他又把我带到书桌前,拿起我刚翻过的那本书,告诉我:

"我喜欢二手书,尤其喜欢看书上别人留下的读书笔记,看到书的前一个主人与我喜欢同一个句子,跟我有类似的感受,会让我觉得那些笔记就是一个朋友在隔着岁月对我说话。我们的相遇穿越了时空,时间的流逝也就没那么可怕了。"

我点了点头,心想他和李春晖说话的腔调还真是有点像，要是写书，肯定可以将这段话写进去。走回书店门口的时候，我看到李春晖正站在门边，饶有兴致地看着书店的陈设。他见我和姜越出来，从纸盒里掏出那三本书，轻轻地放在了门口的书桌上。

"从现在起，这三本书就正式成为小姜书店的成员了。"李春晖说，随后又回过头对姜越揶揄了一句："你这书店的名字真是得改改，老姜书店才比较适合你。"

姜越哈哈一笑，又很快收起笑容，走到李春晖身边，小心翼翼地捧起那三本书，问：

"你确定要把这三本书留在我这儿，如果真有客人要买怎么办？"

"我把书放在这儿，本来也是希望有人能买回去。"

"可是别人只会当成普通的二手书，"姜越说，"这三本书跟着你三十多年了。"

"你之前跟我说过，常来这儿淘旧书的人，是真正喜欢书的人，是会把书好好保存的人。我也相信你说的。这三本书如果真的能到喜欢书的人手里，也算是一个好的归宿。书上可是有很多我的笔记呢，搞不好还能让买书的人感受到心意相通的默契，不也挺好？"

然后李春晖看了看姜越，补充说："你可别自己留

第三章

着啊。"

姜越大笑说:"放心吧,我肯定放在显眼的位置。"

我站在一旁,也插不进什么话,刚打开手机,又想起李春晖跟我说起的故事,算起来他们认识也有三十年了。我的情绪一时有点复杂,原来这世上真的有一份友情可以持续这么久,听他们的对话,就像是多年来两个人之间的相处都没有变过。有人说,朋友越早认识,关系就会越好,后来你会遇到许许多多人,但都无法取代学生时代认识的朋友,他们才是你真正的朋友。可我却没有类似的感受,我记不清儿时的玩伴是谁,也跟学生时代认识的朋友断了联系,彼此躺在对方的朋友圈里,偶尔的同学聚会,也只觉得有什么变了。那时候我没觉得这有什么问题,人总会迈向新的阶段,遇到新的朋友,只是后来发觉,人确实会迈向新的阶段,但在有些阶段里,生活就像是孤岛,人与人的联系是那么脆弱,哪怕曾经常常见面,哪怕知道彼此性格测试的结果,但说到底,彼此之间跟陌生人也没什么区别。

手机里的短视频,每看三条就总会出现一个热热闹闹的直播间,嚷嚷着如果不买他们手里的商品就一定会后悔,那些日子的我常常穿梭于各个直播间,越看越觉得,他们手里的商品好像真的是我需要的。我盯着手机看了会儿,突然发现这时候的书店出奇地安静,姜越不知道去了哪里,李春晖没有再说话,店里也没有出现过任何一个客人。我站在这儿,觉得自己像是一个没用的吉祥物。这样的书店真的能撑下去吗?看样子开这么一家书店也没什么奔头,我心想差不多该走了,就对李春晖说:

"什么时候出发?"

"吃完饭就走。"李春晖说。

我顺着他的视线看到了正在书店另一头的小屋里洗菜的姜越,这才意识到李春晖还想在这儿吃顿饭,这一来又要耽搁不少时间,我内心长叹一声,说:"那我先去车里等你。"

没想到李春晖叫住了我,说:"一起吃个午饭。"

我嫌麻烦,说:"你们吃吧,我吃过了。"

"我看到了,你在等红灯的时候吞了口饼干,我还看到了好几个空的包装袋就放在储物格里。"李春晖停下话头,等了一会儿,像是想问什么,却又不知道怎么开口,我越等越不耐烦,转身想走,这时候他才开口,说:

"饼干怎么能当饭吃?来都来了,一起吃点,好好吃顿饭。"

我突然想起自从外卖软件兴起之后,什么出餐快我就点什么,开车以后,就更想不到好好吃顿饭了,直接买一些饼干、薯片,能填饱肚子就行。

李春晖在我沉默的间隙一直看着我,像是想要看穿我在想什么,他接着说:

"你开车是为了什么?"

这个问题来得那么莫名其妙,还能为什么,我没好气地回了句:

"不都是为了生活嘛。"

李春晖没有在意我的语气,说:

"我知道,所有人都是为了生活,但为了生活开车的你,到头来又因为开车没办法好好吃饭。我知道你们年轻人面对的环境,我也面对着类似的环境,我们都一样。只是无论时间有多紧张,生活有多忙碌,我们都得留出时间好好吃饭,抓住每一次能好好吃饭的机会,而不是对自己说,'习惯了,能填饱肚子就行'。人是铁,饭是钢,不要敷衍自己的胃,饭还是得好好吃的。"

我心里忽然升起一股烦躁,说:"咱们不熟,我吃不吃饭也不关你什么事吧?"

李春晖先是愣住了,似乎是意识到了什么,随后说:

"我曾经跟你一样,也不好好吃饭,后来有个人跟我说了那些话,我觉得那些话对我很有用,所以才想着说给你听。吃不吃饭当然是你的自由,但我觉得你也不用回车里,大中午的,车里肯定很晒。你要实在不想吃饭,就在书店里坐着,有空调。"

说完他又补充了一句:"还有小猫。"

我不明所以,有小猫怎么了?难道全天下的人都喜欢猫吗?

"我的手艺可是很不错的。"这时候姜越手里拿着一把青菜走了出来,像是为了打破僵局似的说了一句。我看着他,又看了眼书店外头,看到门外的烈日,想到回车上还要走一段路,那辆车也在烈日下晒了一会儿,早知道还不如直接在车里等着,接着我看向李春晖,他的模样让我的抵触情绪消失了些,我就在门口的座位上坐了下来。姜越接着对我们说:

"我就炒几个家常菜,很快。春晖,你也别跟着忙活了。"

说到最后的时候姜越的神情变得很严肃,事后回想起来,他的模样简直是想把李春晖按在座位上,让他好好休息。李春晖看了姜越一会儿,举手表示投降,转身坐下前,他说:"对了,姜越,我刚才还跟他提起咱俩关于时间胶囊的事呢。"

姜越听后忽然哈哈大笑，问："你有告诉他后来我们没能找到那个铁盒吗？"

李春晖摇了摇头。

姜越说："说起来都怪我，就不该把它埋在什么后山，我们老家是个平原，也就那么一座山。以前大家都不在乎它，后来旅游业兴起，那座山反倒成了宝贝，上面的小庙也就几十年历史，现在都传成千年古庙了。后来我是在后山找了又找，怎么也找不到做记号的那棵树，小时候我觉得树可以一直活下去，能活好几百年，但我忘了人会砍掉树，人会让它没办法继续活下去。那里的小路变成了石头台阶，我们坐着的土坡也变成了观景台。我们老家的人都说小山能被开发，小镇能变得更现代总是一件好事，我想想确实是这样，搞不好难过的人就只有我和李春晖。"

姜越说到这里又开朗地笑了一声，我心想这人怎么能一直这么开朗，从刚见面到现在笑声就没停过。他接着说："所以从那天起，我就决定用自己的方法留住时间了。虽然那铁盒不见了是有点可惜，但春晖还在这里，我们就能互相提醒，也互相确认，那个铁盒确实是埋进去了，我们也确实把小时候的愿望给写进去了。它现在一定还在后山的某个角落里躺着。"

在姜越转身走回旁边小屋前,他看着李春晖,说:"你们继续吧,说说故事说说话,说起来,三十岁,想想还真是遥远啊,那时候咱俩都还年轻着呢。"

我一开始不明白姜越为什么会忽然提起三十岁,随后意识到,那是他们约定好取字条的年龄。我抬起头看着他们俩,第一次意识到,三十岁,居然也可以是年轻的。

"可不是。"李春晖应了一声。

或许是因为我的三十岁就近在眼前,这会儿我又对他们的故事产生了一点好奇,我想知道他们儿时的梦想到底有没有实现,我想起姜越向我介绍书店时的表情,心想当时他在字条上写下的,一定就是开这么一家书店。当我这么问李春晖的时候,他摇了摇头,回答说:"不如一会儿让姜越自己说。"

这之后李春晖告诉了我,他在铁盒里留下的愿望是什么。

"十三岁的时候,总觉得三十岁一定会很好。"他先是开口说了这么一句。

第三章

2.

如果要找一个时间节点,除了十八岁,十三岁的我们能想到的大概也只有三十岁了。我和姜越当时都有各自的烦恼,十八岁还不够,我们都希望自己可以立刻变成三十岁。我们都觉得:到了三十岁,我们一定都会过得很好,不用跟讨厌的人天天待在一起,不用再看别人的脸色,想做的事情一定都已经做到了。

那天在后山,看着姜越认真地写下自己的愿望,我内心的声音也逐渐变得清晰。或许是被他的认真所感染,也或许是那能穿越时间的铁盒自带某种魔力,我看到未来的道路逐渐变得清晰,变得宽敞,仿佛所有的梦想都近在眼前似的。我忽然觉得脚步变得很轻,轻飘飘得像是随时能飞起来,那是我第一次意识到,未来是一个多么具有魔力的字眼,我能把所有希望都寄托在那里,只需要等待着时间把我带过去就好了,就像列车总是能到站,梦想也总能成真。

"三十岁时,我会出版属于自己的小说,我会是个厉害的作家。"

当我把这句话写在字条上的时候,我的双手因为兴奋而不住颤抖,仿佛只要把愿望写在纸上,它就不再是愿望,而是某种预言。

我从未像那天一样,感受到来自心底的自信。

埋下铁盒后,我打定主意,要认真对待接下来几年的学业。我会考上一个好的高中,再考上一个好的大学,在那里抛开束缚,实现自己的梦想。我和姜越就这样升上了不同的高中,那三年里我们依然能够时常见面,怀揣着各自的理想,心甘情愿地把自己交给永远写不完的作业、永远答不完的试卷,以及永远得不到满分的数学。我只希望时间能过得更快一点,未来的靠近使我兴奋,我知道翻过眼前的山,未来就在山的那头,融入不了的班级再也不会是我的困扰,熬过现阶段,往后就都是康庄大道。

或许是出于这个原因,我始终无法把高中的生活回忆清晰,似乎那三年都没发生任何值得诉说的故事,只是眨眼之间,高考就近在眼前。我只记得那几天下了场雨,雨点连绵不绝,打在地上,打在窗户上,打在屋顶上。打在屋顶上的雨点发出的声音格外清晰,像是在唱歌,这是现

第三章

在我的脑海中唯一清晰的声音。雨停的那天，我的高中生涯也画上了休止符。人生的第一个路口终于出现在我的面前，我意识到自己终于能够做出选择，那一瞬间我体会到，能自己做出选择，这件事本身，意味着自由。

父亲当然反对我选择中文系，他对所有文科类专业都不屑一顾。可那时的我早已打定主意，没有人能更改。面对我的异常坚定，他的愤怒准时到来了。父亲气得脸色通红，他一把扯住我，呵斥道："高考刚改革，你将来要怎么找工作？"

我坚定地说："我可以靠写作养活自己。"

听我这么说，父亲轻蔑地看着我，说："你还真以为自己能成为一个作家，一万个人里能有那么一个人成为作家就不错了，你还真以为自己可以……"

我打断了父亲的话，说："这是我的事，跟你没关系。"

父亲站了起来，椅子被撞倒在地，他用力地拍着桌子，一声，两声，三声，随后怒吼起来：

"跟我没关系？好啊，好啊，是谁供你吃供你穿，是谁把你送去学校的？"

我的声音出奇地响亮："我会还给你的。"

"你拿什么还？"父亲哼了一声，说，"你乖乖地放弃现在的想法，才有可能还。"

我一动不动地站在那儿，双手交叉抱在胸前，说：

"我只想做自己真正想做的事情。"

"你能有什么真正想做的事，"父亲说，"像你这个年纪，只觉得每条岔路都是希望，根本就不可能理解未来会有多少动荡，会有多少痛苦。"说到这里，父亲的脸色突然变得冷漠，他的眼神里透着阴森的光亮，随后脸色瞬间变成了笑脸。他脸上的表情变化速度是那么快，使我觉得浑身发冷。

他轻轻地对我说：

"我有办法，你上不成中文系的。"

那一瞬间我觉得自己像被人打了一闷棍，差点站立不住，但我知道自己不能露出任何胆怯，我的脚步向前探了一步，这时候我已经比父亲高了，我冷冷地看着他，摇了摇头："你会后悔这么做的。"

此后的日子里，我们每天都进行着类似的对话，他发动了所有的亲戚，当所有人都劈头盖脸地对我进行责备的时候，我只觉得他们都像是陌生人，没关系，我在他们眼里也像是一个异类，于是我内心的坚定反倒越来越深，我绝不能辜负母亲的期望，口吃也一次都没有再出现过。

第三章

"这孩子就是书读太多了,心野了,就收不回来了。"老人们说。

"实在不行,就打,等他长大了懂事了,感激你还来不及。"叔叔们说。

父亲确实拿出了他的鸡毛掸子,那年头镇里所有人在面对自己孩子的时候,都会用责骂和殴打来表达自己口中的爱,在我看来,那不过是为了证明自己的权威。他让我伸出手,熟悉的疼痛感传来的时候,我没有皱一点眉头。最后父亲的动作停了下来,我问:"打够了吗?"

父亲抬起头冷漠地看着比他高一个头的我,随后放下鸡毛掸子,用没有任何感情的声音说:

"你走吧,我就当没生过你这个没用的儿子。"

我不知道父亲的心里产生了什么样的变化,但我知道一直渴求的时刻终于来临了。

那天晚上,在世界彻底安静之后,我看到窗外的月亮皎洁地挂在树梢后头,照在我身上的月光像是母亲在抱着我。我静静地收拾着自己的行李,即使我知道还需要一段时间才能真正地离开这个地方。其实我没有什么东西需要带走,在打包好几件衣服后,我把母亲最喜欢的三本书放进了箱子里。我走到窗边,看着月亮,看到它的周围有好几颗闪闪发光的星星。

我忽然流下泪来,我多么希望母亲能够看到,她的儿子终于踏出了第一步,她的儿子即将真正离开这个家,像她说的一样成为一个了不起的人。

3.

姜越端着饭菜从厨房走了出来,又在柜台后的那间小屋子里支起一张桌子。看到满桌的饭菜,架不住他们的热情邀请,我跟着他们坐在充满老物件的房间里,借着一盏昏黄的台灯吃饭,这种感觉很奇怪,窗外的蝉鸣声依然响个不停,烈日的光芒却被隔绝在外头,被一同隔绝的,似乎还有时间。他们边吃饭边说着话,姜越问:"你们刚才说到哪儿了?"

李春晖说:"说到我在字条上都写了什么,要不你也说说你写的是什么。"

姜越的回答出乎我的预料,他说:

"我写的是,三十岁之前要看遍这个世界。"

李春晖说:"他可不是随便写写,刚上大学没多久,他就一边努力攒钱,一边背着包全国各地跑了,还出了国,去了东南亚。我记得那年中国刚加入WTO,他就已经去看了许多人还没看到过的世界。"

"现在回头想想,其实旅行里有一半都是糟心事,这世界的陌生人也不都是善良的,我还被骗过好几次钱,本来我就已经是穷游了,也不知道那些人怎么会选上我。有一天我忽然觉得,我是在为了走而走,所以后来,我就选择停下来了。"

说到这里姜越看了看我,说:"当然,我还是觉得能看看世界很好,尤其是年轻的时候,你们啊,有足够的精力。旅行本身可是很累人的事,它会迫使你去应对许多突发事件,一件事忙完马上就会有下一件,但旅行也确实会让你看到不同的生活,剩下的,就是一定要注意安全。"

或许吧,我心想,或许看看世界确实很好,在过去许许多多的时刻,我的确会冒出想要旅行的念头,但现在这样的念头已经渐渐消失,提起旅行我只觉得麻烦。

"那你现在还会四处旅行吗?"我问。

"当然,"姜越回答,"开了这家书店以后,我反倒重新找回旅行的意义了。"

我不理解他的话是什么意思。

"因为这里的生活不错,所以旅途的风景就变得更好了。"他说。

我不明就里地点了点头,脑海里浮现出上次的旅行,那是公司团建,去之前说是能去一趟国外,后来老板临时改了主意,我们就近找了个海滩。那次的旅行真是一片混乱,每天光是要打卡的地方就有四五个,每个地方之间隔着的距离都很远,我们从一大早就在赶路,到了目的地到处都是人,好不容易挑着角度拍了几张照片,就得赶去下一个地方,说起来跟我现在开车的情况很像。等回到酒店,照片拍了快一百张,左挑右选又花了两个小时。这样的行程到了第三天就让我们疲惫了,那时候我们又都觉得还有一天就要走了实在是可惜,想去沙滩最后拍几张照片,结果没多久就下起了雨,我们在酒店玩着手机,又默契地聊起工作,度过了旅途的最后一晚。

"写在字条上的,说起来也就只有他做到了。"李春晖忽然说。

姜越抬起头,看着李春晖,我看到他的眼里半是惊讶半是难过,可随后他就绽放出了笑容,我想这是因为李春晖的脸上也露出了一个笑容,奇怪的是,我没有在那笑容里看到一丝勉强。姜越顿了顿说:

"春晖,你还有时间再坐会儿吗?"

第三章

"再过半个小时,我们怎么也该走了。"

"真想跟你们一起去啊,"姜越说,"我也有一个多月没去刘家村了。"

"你有你的任务,"李春晖说,"下午还得麻烦你去我家一趟。"

姜越说:"放心吧,我肯定帮你好好审核,我知道真正喜欢猫的人是什么样的。"

我不明所以地听着他们的对话,姜越接着说:

"春晖,既然还有半个小时,不如继续说你的故事吧。"

李春晖笑了起来,说:"我就知道,你还是很想听的嘛。"

好吧,就再耽搁半个小时,于是我也坐在那儿,把故事给听了下去。

第四章

CHAPTER 04

此刻是春天

1.

北京西站有数不清的人,几乎所有人都跟我一样拖着行李箱,闹哄哄地走向出站口。这就是我对北京的第一个印象,流动的声音能从每一个角落里传来。我还记得走向出站口的路上,人们匆匆忙忙,挤在一块儿,我觉得自己像是一块掉进水里的木板,只能随着人潮的方向往前走。但这很快就不是问题了,在我走出北京西站的那个瞬间,我第一次觉得天空是那么宽广又温柔,眼前的景象是那么繁华,梦想中的北京居然真的在我眼前。在看到川流不息的车道时,我内心突然响起了一个声音:我真的到了梦想中的城市,这座城市是那么大,有那么多的人,这座城市的匆忙恰恰体现了它的生机勃勃。

第四章

那天我很早就到了学校,跟着指引一路走到宿舍,一开门就看到了三个立在那儿的行李箱。我试着从旁边挤过去,却意外地发现行李箱很沉,像是被钉在地上一样纹丝不动。这时候我听到头顶传来一个声音:"别把箱子碰倒了,里面都是书。"说话的人叫王奕凯,他的头发剃得很短,五官轮廓很清晰,长着一张相当坚毅的脸。他是我在大学里认识的第一个人。

那时候我一听他的名字就觉得很熟悉,等到宿舍里的人到齐,听他们谈论起他时,我才想起曾经在几本周刊上看到过他的名字。听说他的文章第一次被杂志刊登的时候,他只有十五岁,后来他的文章即便没能再次入选权威的杂志,也总能登上报纸。他们接着说:"好几个文学评论家都说他有灵气,是真正的天才。"王奕凯这时候大声说了句:"别说悄悄话了,东西还收拾不收拾?"

过了几天,我找到了刊登着王奕凯的文章的报纸,觉得那些文字确实流畅又精准。相比起来,我之前写的不少文字就像是小儿科。"真希望我未来也能写这么好。"我对自己说。

在学校的生活很充实,我曾以为自己是个足够热爱读书的人,但文学系里每个人的阅读量都远超过我。在第一节课上，老师就列出了长长的书单，里面居然有一半多的书从前我连听都没听过。此外还需要学习古代汉语、现代汉语、古代文学史、文学概论等许许多多的课程。能够读许许多多的书当然令我开心，但接连不断的课程也让我苦不堪言，我从未想过自己的基础是这么薄弱，在其他人都已经掌握诀窍的时候，我依然在门口打转。

提起王奕凯，大家公认的就是他的才华，他甚至可以轻而易举地走在课程和老师的前头。轻轻松松考进文学系不说，他父亲也是个小有名气的作家，我听后忍不住生出嫉妒：在我还不知道怎么入门的时候，他生来就在那座大门里头。

他同时又足够努力，在课余时间能够日复一日，年复一年，雷打不动地准时坐在书桌前为自己写上一两千字。好几次我回到宿舍，都发现他一个人坐在那儿，嘴里咬着笔，正苦思冥想，周围的响动也不会引起他的任何注意。我看到他专注的背影，看到他一坐就是三四个小时，看到他完全不在意时间流逝的样子，心中的嫉妒转化成了佩服。

他给了我一个强烈的刺激，让我觉得倘若身边真有一个人能成为作家,那这个人一定是王奕凯。他有足够的天赋,又踏实,愿意花时间。当他沉浸在自己想做的事情中的时候,无论什么都无法打扰他,我知道做到这一点并不容易。

我也决心像他一样,把能利用起来的所有时间都倾注在自己的写作里。我把自己的想法告诉了姜越,那时候他刚下定决心踏上旅途,我们给彼此鼓劲,都觉得对方会前程似锦。那时候他总说:"总有一天,我会在书店看到你的书的。"

一天,在回宿舍的路上,我遇到了王奕凯,并肩走了一段路后,他不经意地问起:

"你最近的写作还顺利吗?"

这句突如其来的问候使我定在了那里,他看了看我手里拿着的书,接着说:

"这本书虽然知名,但内容其实很一般。"

我尴尬地笑了笑,说:"刚从图书馆借来的,我还没来得及翻开。"

"这本书的内容确实切中了那个时代的要害,但故事的衔接、小说的结构、表达的内核都不够好,还有太多的碎笔,啰里啰唆。如果你想要写点什么东西,对标的必须是那些伟大的作家才行。以山腰为目标的人，永远不可能爬到山顶。"

王奕凯说话时的神态给我留下了深刻的印象，接着他列举了许许多多作家的名字，语气里充满了热情与自信。也是在这之后，我们常常会说上几句话，回到宿舍后又各自坐在书桌前默默写作，现在回想起来，毫无疑问，是他的举动给我指引了方向。

那时候我心里已有了故事的雏形，我想写的是一本小说，是一个人找到了热爱所在，为了内心的使命付出了一生，并且在生命结束之前实现了梦想的故事。"这不就是毛姆写过的故事吗？"王奕凯听完说。我心里一惊，我听说过这本书但还从未读过，我料想自己的创意在这个世界上是独一无二的那一份，可在读完毛姆的那本书之后又对自己产生了深深的怀疑，原来我苦思冥想想要写好的题材，已经被前人写过了，我根本就没有多独特，我也不可能比他写得更好。王奕凯对我说：

"当你的阅读量足够大的时候，就会发现没有什么主题是前人没有写过的。太阳底下本就无新事，重要的是自己的风格。我最近一直在思考的就是这件事。"

"风格？"

第四章

王奕凯点了点头，说："是的，别人一看就能知道，这篇文章是属于你的，不是别人的。即使写的题材与最伟大的作家笔下的相似，也不会因此而逊色半分。"

我茫然地点了点头。

时间一晃到了大二的下半学期，那时候我陆陆续续读了许多书，阅读量的增长使我懂得了王奕凯的话，他的话又增长了我内心的热情。王奕凯在写作中投入的精力越来越多，那些天他连课都不怎么去上了，只是常常代表院里去参加文学比赛，几乎次次都得奖。我看他每天从清晨开始，就一直坐在书桌前，只在吃饭的时候出门走动，连宿舍熄灯之后我都能听到他的动静，有时候他会突然坐起身，拿起纸笔跑到门外，过一两个小时才回来。几个舍友当然苦不堪言，但第二天他依然我行我素。

我与他的交流频率在那段时间里也降到了最低，我发觉即便是在与我说话的时候，他也显得心不在焉。他原本就对身外的一切没什么兴趣，那时候更是蜷缩在写作的世界里，我发觉他比从前瘦了许多，原本消瘦的面庞更是棱角分明，只是头发已经长到可以遮住眼睛，我想他的写作应该没有那么顺利，他常常奋笔疾书，又常常懊恼地把那一整页撕下。有一天我又目睹了这样的情景,他也反常地注意到了我的出现,抬起头,把那本几乎被撕掉了一半的写作本递给我,我打开看到里面密密麻麻的修改痕迹,这时候我听到他说:

"你看看,读完告诉我你的感受。"

他的字迹很难辨认,但我依然被他笔下的故事所深深吸引,每读一段都忍不住赞叹,心想原来那些情绪可以用这种方式来表达,原来比喻可以这么生动鲜活,在出乎意料的同时又让我觉得,没有什么比喻能更加精准。我心想自己永远写不出那样的表达,笔下的句子也永远不可能那么鲜活。等到宿舍快熄灯的时候,我把他的写作本合上,走到门外,看着趴在栏杆上正盯着远方的王奕凯,赞叹地说:

"我还没有读完,但真的觉得你写得很好,每一个段落都像是一首歌,精巧,流畅,动听。"

过了一会儿他才说:"你真这么想?"

"当然了。"我说,说完我才意识到他的眼神里竟然写满了混乱。接着他长叹一声,我没想到他会这么说:

"我接连好几天都没睡好,脑子里在想要怎么写,可就是写不下去,就像撞上了一堵透明的墙,没法前进。"

第四章

我看到他的脸色在刹那间变得很苍白,然后他疲惫地苦笑了一声,说:

"你还记得之前我跟你提过,那本书虽然知名,可内容一般吗?"

我点了点头,随后他说:"我看不起那本书,可我写得还没有那本书一半好。其实我不是看不起别人,我是看不起自己。"

我当时彻底呆住了,我不知道自己能说什么,怎么也想不出合适的话来,宿舍的灯在这时候熄灭,在黑暗中我只能勉强看清他脸上的轮廓。他的语气变得很奇怪,像是在喃喃自语,他说:

"很小的时候,我就立志要当作家,我读过父亲写的书,觉得他的行文好是好,可读起来总是差了一点火候。无论是用词还是文章结构,都不够优美。我认为写作的本质就是要写得优美。我曾经觉得我的才华远远超过我父亲,就连他也是这么认为的。作文大赛我随便写就能拿名次,权威的杂志也刊登过我的文章。但我逐渐发觉,那些所谓才华不过来自年轻的精力和所谓可能性。啊,还有,来自我父亲的影响力。这世界无论走到哪儿,都是一个又一个圈子,每个行业都一样,这个世界比你想象的更狭窄。"

我感觉他的声音越来越遥远。

"我越是写,就越是发觉自己只是在阴影里前进,我的每篇文章都是辞藻的堆砌,都是他人眼里的世界,没有一点我的心声。我在给你看的故事里写了轰轰烈烈的爱情情节,但我其实从未真正爱过什么人。我之所以要写爱情,只是因为我知道那是一部作品里不可或缺的部分;我之所以写风景,不是因为那些风景真的打动了我,而是因为对风景的描写能体现我的写作能力。"

这时候他的声音忽然变得激动,我看到他的身体也在颤抖。

"这些日子我试过休息,试过先放空自己,再回头去写,我知道自己在一个死胡同里,可我连后退都做不到。从八岁起,我就开始写东西,能接触到的只有书,脑袋里装的也只有怎么写。最近我感觉到脑海里的一个又一个声音正在离我远去,而且越来越远。我本来是可以把那些脑海里的声音变成文字的,可现在做不到了,我只是在按照写作的惯性继续写着,但都词不达意。李春晖,你有过类似的感受吗?"

他的话使我震惊,使我陷入某种恐惧之中,然后他又告诉我:

"一座山在还没开始爬的时候,你以为山顶很近;在开始攀登的时候,你以为自己很快就能到山顶;到最后,你才不得不承认,自己压根就没有登顶的实力。"

我老半天才说出一句话:"你只是把自己逼得太狠了。"

"有些东西,最初你以为自己有,但时间会告诉你其实没有。从一开始,有些东西,有就是有,没有就是没有,我们只是生活在自己的幻觉中。"

王奕凯从宿舍门口的栏杆前直起身,没等我回话,就转身向楼道的方向走了过去。我看着他脚步踉踉跄跄,又轻飘飘宛若幽灵,喊了一句:"你要去哪里?"

"我也不知道,"他说,"随便走走。"

我那时真担心他会出什么事,就跟着走了出去。我看着他穿梭在教学楼之间,身上穿着的衣服晃来晃去,忽然觉得他整个人像是小了一圈。

2.

闹钟打断了李春晖的叙述。

时间不知不觉走到了下午一点半,这时候我才再一次听到了窗外的蝉鸣声,李春晖的故事突然有了些感染力,走到门外的时候我一阵恍惚,一时间不知道自己身处何地。

他停下脚步，又回过头，环顾小姜书店，目光长久地停留在那三本书上，随后转过身，对一旁的姜越说：

"这家书店真得改个名字，你考虑考虑。"

姜越脸上露出一个笑容，说："我会考虑的，搞不好等你下次再来的时候，门口的招牌已经改好了。"说到这里，姜越的表情忽然变了变，我恍惚间觉得他看起来是那么落寞，随后他告诉我，有些话想单独对李春晖说。

我看了眼手机，点了点头，走到书店的另一边，几只小猫正在呼呼大睡，我坐在那儿，难以理解自己的处境：我遇到了一个陌生人，出乎意料地听到了他的故事，又跟着他来到了一间二手书店，吃了一顿另一个陌生人做的饭，那顿饭居然还很好吃。在看手机时我感觉到有只小猫在蹭我的手，低头一看是只狸花猫，我下意识地缩回了手，看着它的爪子，心想如果被挠了还得去医院，赶忙站起身向后退了一步，跟它保持安全距离。接着我看向书店的正门口，两个老友说着话，看起来主要是姜越在说，李春晖不住地点着头。

等他们走向我的时候，时间过去了半个小时，这期间时间的流逝让我觉得难熬起来。我忙站起身，打开导航，

第四章

路况很差，屏幕上显示到达下一个目的地需要两个小时。又是一场长途跋涉，目的地在一座无名的山里，我搞不懂一座没有名字的山里到底有什么。眼看着再晚点走就不知道到下一个目的地要什么时候，我看着李春晖，问："现在出发？"

李春晖点了点头，我注意到他的眼睛似乎有点肿，身上多了一个背包，手上捧着的盒子里还剩下猫粮和种子。姜越一直跟着我们，走回那道围墙，走回那条铁轨下的隧道，走回车边，一路上，我听到李春晖说"好啦别送了"，又听到姜越一次次说"没几步路"，在车边他们停下脚步，李春晖回头说："快回去吧，下午你还得去我家呢。"

姜越先是点了点头，随后像是想起了什么，说了句："春晖，上次咱俩合照是什么时候？"

"有几年了吧？"李春晖抬起头，问，"怎么了？"

姜越说："正好陈希在这里，让他给我们两个拍张合照。"

"都多少年没拍了。"李春晖说。

姜越掏出手机，坚持说："所以才更要拍。"

我听完转过身，疑惑地看着他们。一方面我觉得拍照为什么不在书店拍，都到车边上了才想到要拍，这多耽误时间；另一方面我也不明白姜越的语气为什么那么郑重，不过是拍一张照而已。

拍完照之后，姜越把相册打开，两个人并排站着，都看着合照，一言不发。这时候我没忍住催了一句，姜越才像是刚刚回过神，把手机放下，转头给了李春晖一个结结实实的拥抱。

李春晖说："再见！"
姜越大声说："回头见！"

我们就此告别，在车辆前行的同时，我注意到姜越的身影一直在我们后面，他站在烈日照射的街道边，用力地挥着手。李春晖打开车窗，也向身后挥着手，等到车转了一个弯，再也看不到姜越的身影时，他才把手放下，把车窗关上。我刚想猛踩油门，突然听到一阵剧烈的咳嗽声，我下意识踩住刹车，扭头看到李春晖满脸通红。他好不容易止住咳嗽，冲我笑笑，说：

"刚才关窗的时候，被风呛了一口。"

我听完没当回事，李春晖打开姜越给的背包，拿出里面的水杯喝了口水。等我们行驶回拥堵路段，他开口缓缓地把自己的故事继续了下去。

第四章

3.

大三前的那个暑假，我一直在书店打工，王奕凯的话时不时地回荡在我的脑海中。我期待暑假快些结束，可在开学之后，却没有在宿舍里看到王奕凯。另一个舍友诧异地看着我，说：

"你居然不知道？王奕凯换专业了。"

随后他说："我还以为你们是好朋友呢。"

我没有心情去体会他的语气，这之后宿舍里流传着两种说法，主流的说法是，他将来会接父亲的班，反正这世上走到哪儿都逃不开人情世故，他恰好有足够的才华，继续留在我们系里也没什么意义，换个好毕业的专业，混到大四结束就好了。另一种说法大差不差，说他的才华足够出一本书了，大学对他来说不过就是一张文凭。听到这两种说法的时候，我总是一阵恍惚，怀疑之前与他的对话只是我的错觉。两周后，我终于在学校食堂里遇见了他。一看到他，我就知道，他已经不再是我在大一时看到的那个人了，我反倒疑惑为什么别人没有注意到这一点。

我端着饭盆站在他身边时，最初他像是没有看到我一样，我内心深处的结巴短暂地回来了，开口的时候磕磕巴巴："你……为什么换……换专业？"

他抬起头瞥了我一眼，给了我一个疲惫的眼神，等我坐下后，他缓缓地从身后拿出一个写作本，我认得这个本子，忽然意识到他或许一直都在等着我。他说：

"大二的最后两个月，加上暑假的两个月，算起来总共四个月。这四个月，我只写了十页纸，你翻开最后十页，看看。"

纸张上到处是涂改过的痕迹，故事的脉络每推进一句就后退两句，直到最后两页，故事才好不容易推进了下去，可怎么读怎么别扭，有些地方像是流水账，有些地方又过于生搬硬套，读完之后我居然对故事本身没有任何印象，所有的文字都只是生硬地排列组合在了一起，毫无生命力，那股我从前能感受到的灵气，就这么消失了。然后我听到了王奕凯的声音：

"我知道你一读肯定就会明白，无论怎么努力，我都找不回写作的感觉了。我之前也跟你说过，我一直都睡不好，感觉有根弦断了，如果我再继续这么下去，说不定都会影响到正常的生活。所以我选择换专业。这是最大的原因。医生也是这么建议的。"

第四章

"可是你之前写得真的很好,"我终于说,"我一直觉得,如果我们中有人能成为作家,那一定是你。"

王奕凯无声地笑了笑:

"我爸对我说过类似的话,其实我也明白,他现在心里一定很失望。但我也没有什么办法,说不定有天灵感会再回来,我还能继续写作,但现在,我真的一个字都写不下去,甚至没办法读书了。医生告诉我,我有轻度阅读障碍。"

阅读障碍?我的视线再次回到手里的写作本上,心里空空荡荡的,觉得有什么东西从我的心里消失了。然后我听到他对我说:"以后应该就很少有见面的机会了,文学这座山我是没法爬了,回头想想,还不如不爬。总之,谢了。"我还没明白过来他说的感谢是什么意思,他就站起了身,飞速地离开了食堂。我看着他的背影,多么想大声说些什么,可直到他的身影消失在视野里,我也没能找到合适的话语。

往后的这些年,竟然就跟他说的一样,我们再也没有见过面。那天我回到宿舍,几个舍友恰好都在。我听到他们的讨论:"你们听说了吗?我们院招收的新生一年比一年少,这两年换专业的人比新招收的人还多。隔壁的小语种专业已经撤销了,哲学系也并入其他院系了。"

这时候我发出的响动引起了他们的注意,他们问我:"你将来想做什么?还是想当作家吗?"

我不知道自己是否应该点头。

随后他们感叹了一句:"现在真正还想成为作家的人,全宿舍也就只剩下你一个了。"

我抬起头看向他们,从他们的面色里看不到挖苦,反倒写满了相同的忧虑,有人接着说:

"其实也没什么所谓,你也好,我也好,反正咱们这个专业将来都不好找工作,都一样。"

我问:"真的这么难找工作吗?"

说话的人诧异地看向我,说:"你还真是一直没考虑过啊?我们都已经大三了,该了解的都差不多了解了,是,没错,还是有一些职业可以选的,但怎么说呢,咱们专业的竞争力不够。你没有发现吗?整个世界都是实用主义的,找工作当然也是,我们学的能有什么用呢?"

我心里突然很不是滋味,原来从来没有认真考虑过未来的人,有且只有我一个。在整个世界都向前走的时候,只有我固执地蜷缩在象牙塔里。我像当初的王奕凯一样,晃晃悠悠地走出了宿舍。

第四章

厚重的云遮挡住了太阳,眼前的世界被抽走了金黄色,于是树叶不再轻盈,看起来是那么沉重又垂头丧气。我走在路上,一股不安的情绪在心中生根,随着我的前行逐渐发芽。最后我找不到能去的地方,无论是宿舍里还是宿舍外,空气都是一样沉闷,都像是牢笼。我只能又回到宿舍,那时候整个宿舍只剩下我一个人。我按照习惯,坐回书桌前,想着拿起笔写作。我回过头,身后的书桌空无一人,桌上也空空荡荡。这时候我才发觉,王奕凯的写作本一直被我握在手里,现在被我顺手放在了一边,我回忆起他离开时匆忙的脚步,恍惚间觉得他只是想要摆脱这个小小的写作本。

我再一次翻开他的写作本,从头到尾读了个遍,又找出之前收藏的那几份报纸,看着他最初写下的那些文字,越看我就越觉得难过。我又把自己的写作本摊开,我还是第一次用审视的目光看待自己的文字,这一看终于意识到,我的字里行间,远比王奕凯笔下的更苍白,更杂乱无章,先前蒙蔽我双眼的,恰恰是我盲目的热情。我说不清心里是什么滋味,只觉得自己仿佛做了一个漫长的梦,醒来一切都是无用功。接着像是为了证明什么,我重新开始写小说的第一章,从零开始。

这样的夜晚不断反复，四个月的时间转瞬即逝，我用了全部的力气和所有能利用的时间，写完了小说的头两章，只有头两章，还不到一万字。在寒假即将到来的时候，我在校门口遇见了大一时曾教过我们的赵老师。她是一位再好不过的老师，虽然头发已经花白，但上课依然一丝不苟，感觉不到一丝敷衍，对我们也极有耐心，会认真回答我们的每一个问题，对我的帮助很大。她只教了我们一个学年，那时候我还以为所有的老师都跟她一样，耐心，真诚，也平等。两年过去，我不确定她是否还记得我，眼看着即将错失机会，我终于迈出了脚步：

"赵老师好，我是李春晖，大一的时候您教过我。"

赵老师停下脚步，疑惑地看着我，但很快就点了点头，说："我记得你，我还在你兼职的书店见过你，有什么事吗？"

我支支吾吾地说："不知道您有没有时间，我写了一点东西，想让您帮忙看看。"

她低头看了眼手表，我知道她完全有理由拒绝，可她还是告诉我：

"那就去我的办公室吧，我坐着好好读，我下午两点有课，你快回宿舍去拿吧。"

第四章

我跑到办公室的时候气喘吁吁，在敲门的一瞬间我又打起了退堂鼓，如果我听不到想要的答案，我又该怎么办呢？犹豫间赵老师打开了门，接过我的写作本，在打开之前她问：

"我得先问问你，你的脸色为什么看起来这么差？"

我调整着自己的呼吸，好不容易组织好语言，终于把最近的困扰都说出了口，我发觉我的言语间绕不开王奕凯，他的事始终萦绕在我心头。赵老师听完之后点了点头，随后翻开了写作本，在不算短暂的沉默里，我心里是那么忐忑，恍惚间呼吸也变得断断续续。写作本里的故事不长，那两个章节我反复修改过，我知道那就是我目前能达到的极限，倘若说我真有什么才能，也只有这两章的内容能体现。

赵老师把写作本合上之后沉默了会儿，我内心生出一种不好的预感。

许久后，赵老师开了口，首先提起的却是王奕凯。

"他的事我都知道，换专业前他也来找过我，"她说，"他问我的问题，跟你想知道的差不多。什么是写作的天赋呢？这个问题的答案因人而异。我可以给你一个我的答案，但你要记住，无论我现在说了什么，也不过是一种观点，观点本就可以有许多种。"

我不安地点了点头。

"写作的天赋,体现在写作者的风格上,也体现在他是否能随心所欲地利用文字上。这很像一幅画,真正有天赋的画家,一定有着属于自己的强烈风格。音乐、摄影,还有文字都是一样的,所呈现的都是内心的具象,同时又足够流畅、简洁和生动。王奕凯的问题就是没有形成自己的风格,在他真正体会到生活之前,他就被扔进了只有书本的世界,从此局限在了那儿。要想写作,首要的当然是大量地阅读,一个好的写作者,必然是一个好的阅读者。从伟大作家身上汲取养分当然没有问题,但他缺了一个至关重要的东西,这使他无法真正生根发芽,就是对生活的敏感。"

"敏感?"

她站起身,走到窗边,又回过头对我说:

"作家的日常生活跟所有人都一样,作家眼里所看到的,跟所有人也都一样,但看到的风景能映射到内心的程度,每个人却不同,体会的深度自然也就不一样。就拿现在举例,我们能看到的,不过是日常的学校风景,但敏感能够提高日常风景的对比度,即便是白描,也有重点。一个好的作家能从同样的风景中看到不一样的色彩,或者说,

第四章

能够提炼出某种色彩。在描写人的时候也一样,一个作家所看到的人跟我们所有人看到的都一样,但他能够抓住某种神态、某个动作、某个眼神,从而在描写中体现那个人的内心,那个人所说的话,也就能足够打动人。如果没办法抓住那种细节,如果没办法在日常生活中看到不同的对比度,或许就是不够有天赋。"

我看向窗外,遗憾的是我看不到任何不同,随后我忽然明白了赵老师的意思,愣在原地,一时间说不出话来。

赵老师回过头看着我,停顿了一会儿,说:"我刚才想了想要不要实话实说,但还是决定告诉你,你的文字相对而言比较生硬,我知道你一定修改过许多次,但生硬感不是靠修改就可以改掉的。当然,你还很年轻,或许最后你能找到适合你的写作方法。只是我无法教会你。"

我忽然觉得晕晕乎乎,只能扶住窗台,尽可能让自己保持平衡。

赵老师回到座位上,看着我,说:"中文系不能培养作家,只有生活本身才能培养作家。没错,我们是在离文学最近的地方,但有时候最近也就是最远。"

说完她沉默了一阵。

"我想你也知道,不是每个来这里的人都是想要成为作家的,有人是为了就业,毕竟咱们学校的中文系算是顶尖的;有人是为了逃避数学;也有人是在根本不知道自己喜欢什么的前提下误打误撞来的,我们的教育体系就是有这个问题,明明填报的是志愿,却从来不给人时间去了解自己的志愿是什么;还有人来这里,仅仅因为这里是唯一录取他们的地方。就这点来说,你已经很好了。"

这时候赵老师站了起来,她告诉我上课的时间快到了,然后我们一起走向教学楼。我走出办公楼的时候,觉得阳光是那么刺眼,赵老师接着说:

"我这些年见过足够多的人,其中有许许多多的人在中途放弃,我也只能实话告诉你,许多人放弃是明智的,他们或许都有一定的天赋,也相信自己有天赋,但那不足以让他们成为作家,偶然的佳句总是能够眷顾努力的人,但成形的小说、成形的作品却无法只靠努力写成。当然,我也见过足够有天赋的人,出于种种原因,没能踏上写作的道路。你很努力,也有决心,所以我能告诉你的是,可能性一定存在,但道路比你预料的艰难得多。"

这会儿我们已经走到教学楼了,赵老师停下脚步,回过头对我说:

第四章

"写作不是一门心思地往前推,就能往前进的。这个世界也一样,不是选择了,就能得到想要的结果,就好像一座山的后头,不见得是你想看到的风景。我曾经也想成为作家,但最后才发现,更适合我的,是教学生们怎么写文学批评。"

她停顿了一会儿,目光紧紧盯着我,继续说:

"你还有一年半毕业,我知道你一边打工一边上学,你应该比其他人都更需要考虑现实的因素。那些作家的光芒太亮,让人忽略了纯靠写作来谋生有多么难,失败的人才是绝大多数。许多人曾问过我,生存与梦想到底要怎么选,我总会想起王尔德说过的话,他说他不想谋生,只想生活。可我始终觉得,试着让自己先好好地活下来,才是学会生活的前提。赶路的时候,别忘了保持住平衡。"

我怔怔地听完她留给我的最后一段话,大脑一片混乱,我麻木地走出教学楼,阳光从树叶的缝隙中打到我身上,却没能让我感到一丝温度。我曾经有足够的自信,认定自己有足够的才华和天赋,可那天剩下的所有时间,我只是站在那儿,看着来来往往的每一个人,想着自己小说的头两章,脑海里冒出了一个念头:之前的笃定到底是从哪里来的呢?我不是最有天赋的那个,也不是最有条件的那个,我甚至不是最努力的那个,那我又凭什么认定我是特别的那一个呢。

下一秒我脑海里浮现出父亲的话,我第一次觉得,我所踏上的不是一条能通往梦想的大道,实际上它比我想象中更加狭窄、更加颠簸,它所通往的,是我所不知道的地方。

第五章

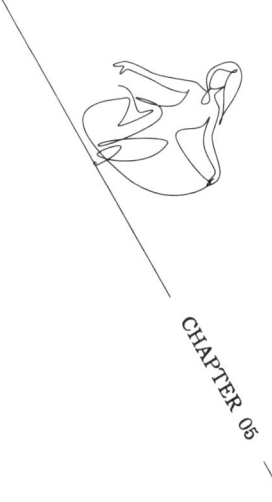

CHAPTER 05

此刻是春天

1.

"现在回想起来,时间好像没有那么漫长,那之后一年半的大学时光一转眼就过去了,"李春晖说,"但这也只是因为我现在站在了时间的这头。哪怕是再难熬的时光,回忆起来都是短暂的,于是似乎就能轻描淡写了。我当时第一次感受到迷茫和恐惧,像是被什么人推了一把,一下子偏离了方向,走进了迷雾中,我不知道自己要去哪里,也不知道自己能去哪里,眼前没有指示标,没有站牌,甚至没有道路。其实那一年半里的每一天,我都只觉得失落和难熬,时间的河流缓慢得像是被冰冻了起来。"

我边听边试着回忆自己的大学时代,遗憾的是没有任何值得一提的事。那时候我应该也感受过类似的迷茫和不

第五章

知所措,但我有自己的一套应对方式:身边的人都在做什么,我就选择做什么,避免让自己思考太多。回过神来,毕业近在眼前,大学时代像是一阵风吹过,没有在我身上留下任何痕迹。我当然也感受过某种类似于梦想的吸引,但它转瞬即逝,这会儿我又想起自己之前的工作,突然觉得它很难称得上我真正喜欢做的事。它不好也不坏,是通往"未来"的途径,是我必须要走过的一段路,仅此而已。我忽然有点羡慕李春晖,至少他知道自己最喜欢的事情是什么,我呢,是被堵在环路上却不知道终点在哪儿的人。

"后来呢?"我问,"你放弃梦想了吗?"

"如你所见,我没有成为作家,"李春晖轻轻笑了笑,接着说,"但我不是在听完赵老师的话之后就立刻放弃梦想的,说起来梦想本来也不是一瞬间就能放弃的,梦想是被时间缓慢地给磨损掉的。大学最后的一年半,我怀着混乱的心情,还是坚持把小说给写完了。那是我的第一部作品,不过在这世上读过那部小说的人,也许不超过十个人。"

我想其中一个一定是姜越,不用问我也知道。

李春晖接着说:"其实我也不确定到底有多少人读过那部小说。我把它投给了能想到的所有出版社,都石沉大海,连拒绝的邮件都没有收到。我想大概也没有几个编辑真的打开了那封邮件,即便打开了也没有读吧。其实我心里知道,那根本达不到出版的水平。这么多年过去,同系里只有一个人成了作家,但他的人生道路与我截然相反,在出书前他压根就没想到自己能成为作家。他在事业上取得了成功,下一步的出书也就成了自然的事。我知道还有人能够通过投稿出版的,但那需要天时地利人和的好运气,以及足够的天赋,到了现在这个岁数,我已经知道那不是我能做到的事了。年龄增长总还是有一个好处的,就是会慢慢了解自己,了解自己能做到什么,也了解自己做不到什么。"

这之后他没有立刻继续讲述自己的故事,而是抬起头看向前方的道路,我看到道路通畅了起来,能看到视线尽头的云彩挂在空中。不久后我们驶出了环路,向着六环的方向驶去,眼前的马路依然宽敞,车依然排成长龙,没法超车,好在还能勉强低速前行。旁边的大楼正在施工,看着又是一座高耸的写字楼。这时候李春晖继续说:

"大学毕业之后,我千辛万苦找到了一份出版社的工作，当校对。那家出版社没太多人知道，也没有出版过什么畅销作品，但我很喜欢那里的氛围，至少我还能每天跟文字相伴。我在那里待了五年，在那五年里我还能时不时地写一些文章。后来出版社转型失败，没能做出畅销书，自然也没能撑过市场的残酷考验。在二十七岁的时候，我不得不重新找工作。我重新写简历，但想去的地方都没有合适的岗位，最后还是通过舍友的介绍，去了一家广告公司。

"从那之后，我才慢慢地告别了写作，告别了为自己内心写作这件事。有时候下班回到家，偶尔还会有写些什么的念头，我并不太累，只是坐在书桌前的时候，无力地发觉自己没有任何想写下的心情，也没有了写作的能力。我的语言退化啦。有一天我翻开那本从大学时代就一直跟着我的写作本，看着上面的文字，看着上面的那篇小说，一时间都有点恍惚，即便是大学时代的那个我，也比后来的我强多了。看到某些句子的时候，我甚至都会怀疑，写出句子的那个人到底是不是我，只觉得恍若隔世，想不通那个喜欢看书写作的我究竟到哪里去了。在广告公司的那些年，我连书都很少读，读不进去，读几页就觉得心烦，明明我从小最喜欢的就是书。"

说到这里，李春晖又停顿了很久，只能目视前方的我不知道他到底在想什么。在等红灯的时候，我稍稍转过头，看向李春晖，他脸上的表情模糊不清。他的故事第一次真正打动了我，我脑海里忽然冒出一个念头：一个人是不是永远没办法真正成为想成为的那种人呢？是不是到最后我们的面目都会变得模糊不清呢？

我坐在车里，手握着方向盘，问自己将来到底要怎么生活。

那时，我的脑海里没有任何答案。

红灯一个接着一个，李春晖的叙述在这些停顿中缓缓地继续了下去。

2.

我重新租了一间公寓，在找房子的过程中，我意识到即便是阳光，也不完全是免费的。最后我租下的公寓很小，位置也很偏，通勤时间满打满算需要一个半小时，但好在离地铁口不算太远，去公司只需要换乘一次。房租还算合理，不用跟别人合租，这么一来隔音差的缺点也基本可以忽略。我就职的那家广告公司不大，没有什么名气，但那段时间行情很好，互联网的飞速发展，使一切看起来都欣欣向荣。在去新公司报到的路上，我看到奥运会的标牌已经立了起来，明年就是二〇〇八年，北京奥运会。北京依然充满了活力和希望，于是我不止一次地想起母亲的话，我希望还能成为她所期待的那个人，即便不能以她最想要的方式。我打定主意，这份工作无论如何都要好好干下去。

"我记得你是中文系毕业的，对吧？"在报到的第一天，我所在的创意组组长陈俊杰这么问我。在得到肯定的回复后，他边点头边说："很厉害嘛，你是我们组里唯一一个真正跟文学打过交道的人。"然后我看到他脸上的笑容是那么真诚，他对我说："好好干，我期待你的表现。"

在新公司的第一份工作是给新兴的服装品牌写广告策划案，小组讨论了一整天，我对着电脑的文档，忽然意识到写广告策划案压根就是另外一回事。这之后我修改了三天，策划案里我负责的部分，得到了陈俊杰否定的回复：

"你要让看到的人发自内心地相信，穿上了这件衣服，就等于拥有了美好的生活！"

我当时在心里想这未免也太夸张了，可在连续加班一周半后，我终于不得不承认，夸张才是策划案通过的窍门，而最让我意想不到的是，我似乎有运用那种夸张的天赋。两个月后，我度过了实习期，陈俊杰找到我，用赞许的语气说：

"我就知道你很适合这份工作，搞不好用不了多久，我的位置就是你的。"

我听着挺直了腰板，他的肯定使我乐观起来，我感受到了一种成就感，一种被社会所认可的感觉。我忍不住想，搞不好我真的很适合这份工作。

陈俊杰接着对我说：

"今天你就算正式加入我们了，接下来会很忙，一会儿下班了大家一起吃个饭。"

等我走到餐厅的时候，才发觉自己参加的不是什么迎新会，而是一场酒局。酒局迟迟没有开始，因为大领导还没有到。他足足迟到了半个小时，才慢吞吞地推开门走了进来。陈俊杰让我们一一上前跟领导打招呼，坐下后又招呼着我们过去，当我站在领导跟前的时候，陈俊杰不着痕迹地把酒杯递到我手中，向领导介绍："这是我们组里新来的小李，实习期刚过。"我说了句"领导好"，看到对方只是抬了抬眼皮，这时候同样刚入行的同事拿着酒杯走了过来，我犹豫了一下，学着他的样子，敬了酒。我感觉到嗓

第五章

子像是被火烧了一样，干咳了几声。我刚找到自己的座位坐下，又听到陈俊杰说：

"来，我们一起再敬领导一杯。"

如此几轮之后，我觉得晕晕乎乎，恶心反胃，眼前的世界歪歪扭扭，没有一条直线。这时候我感觉有人拍了拍我的肩膀，说："小李啊，跑个腿，去楼下买包烟，记住，要买中华。"等我买完烟回到饭桌上，新一轮的敬酒又开始了。"小李啊，你怎么还逃酒啊？"陈俊杰说。

"明明是你让我去买烟的。"这句话哽在我喉头，他说话的时候正居高临下地看着我，我只能再次拿起酒杯。

跟现在不一样，那年头，能喝酒在大多数人眼里就是一种职场技能。酒局后来变成了大领导的脱口秀，陈俊杰不停地说："好。""说得好。""为这句话，我们得再敬领导一杯。"他就这样不停地让我们多喝一杯，脸上又时不时地显出得意的模样，就好像他是那个让酒桌文化得以延续的传承人。我发觉自己处在了一个尴尬的境地，为了融入集体，为了在公司的将来，我得不停喝酒，但我每喝一杯，都觉得胃酸向上涌了一厘米。

像是为了表现自己的亲切,这时候领导开始一个个点名,被点到名的人当然得举起酒杯。我多么希望他能忘了我是谁,可事与愿违,轮到我的时候,领导顿了顿,说:"李春晖,刚来公司两个多月,我没记错吧?"我忙点头,又听到陈俊杰的补充:

"领导好记性,刚才忘了向您汇报,小李还是中文系毕业的,是不可多得的人才。"

"中文系啊,"领导哈哈大笑,笑声在我听来是那么刺耳,"不错不错,你别看我现在是个大老粗,年轻的时候我可是也有个文学梦想呢,只可惜进了广告业。"

"领导,您进了广告业,是我们的荣幸,是文学的损失,可惜的不是您,可惜的是文学,是广大的读者啊。"

领导满意地笑了起来,他说:"小李啊,以后如果我能有机会出书,你帮我润润笔。"

我还没说话,陈俊杰又抢先说:"哪儿轮得到他来润笔呢,领导,您的话是金玉良言,是名言警句,根本不需要任何修改。"随后他用目光示意我拿起酒杯,说:

"小李,我看古人都是什么斗酒诗百篇,现在正是喝到最高兴的时候,敬酒的时候你可得想句好听的。"

"好,好,好!"领导拍着手说。

第五章

我突然感觉到所有目光都聚焦在了我身上,我看着领导的手拎着酒杯,脑袋一片空白,消失许久的口吃再次出现,想说话却又磕磕巴巴,我仿佛看到了八岁的自己,两个我同样不知所措,我走过的漫长岁月仿佛瞬间被折叠在了一起。这时候我听到陈俊杰不耐烦地训斥道:

"你怎么回事?怎么能让领导等你呢……"

"年轻人一时间紧张也很正常,你就别难为小李了,"领导说到这里顿了顿,"把酒喝了就行了嘛。"

陈俊杰说:"我看这样,三杯,必须自罚三杯。"

我意识到自己已经到了极限,再喝下去只怕会交待在这里,终于开了口:

"两位领导,我不太能喝酒,今天是我第一次……"

"年轻人的酒量都是越喝越大的,"陈俊杰打断了我,随后又笑呵呵地说,"喝酒,胆子最重要,你以为自己不能喝,其实你很能喝,你就试试,真醉了再说,我们保证送你回家。有领导在,你怕什么,今天是多好的机会。"

我的胃酸一阵阵往上涌,脸色变得通红,陈俊杰的表情逐渐变得严肃,可说话时又摆出了笑脸:

"小李啊,你还要让领导等你多久?"

我察觉到酒桌的气氛正变得尴尬,领导已经放下了酒杯,对着身旁的人说起话来。我心一横,拿起酒杯,捏着鼻子连喝了三杯，喝完差点站立不住，嗓子辣得我眼泪直流，这时候身边居然响起了掌声，我努力睁开双眼看过去，喝彩的人恰是陈俊杰，他说：

"你看，我就说年轻人胆子最重要，你能行。"

我用最后的力气走回到座位上，轮到我右边的同事了。我觉得胃里像是着了火，想拿起筷子吃几口菜，发现酒桌上的菜几乎没有被动过的痕迹。直到收银员告诉我们关门的时间到了，大家才恋恋不舍地结束酒局。我站起来的时候，觉得自己的肚子像个酒瓶，里面的酒跟着我的脚步晃晃荡荡。我勉强跟着人走到餐厅的门口，看着陈俊杰把领导送上车，又回头跟我们说："都没事吧，早点回，明天都别迟到。"说完后径直走向了自己的车。我晕晕乎乎地站在那儿，勉强还能听到有人说话，几个同事问我住哪儿，我说住在通州，他们问我怎么回去，我说还可以坐地铁。这时候应该是跟我一样刚入职没多久的林雨桐说话了，她问：

"你这个状态还怎么坐地铁？"

我刚想回答却打了个酒嗝。

"你还是让朋友来接你吧。"她说。

我不记得我回复了什么，这之后我身旁的人也陆陆续续地离开了，我想最后离开的人就是林雨桐，因为我还记得她说:"你确定你的朋友在路上了吗?"

实际上我没有发信息给任何人,我知道姜越一定会来,但他离我太远,那时候他刚回北京没多久。后来我不知道自己在餐厅门口到底坐了多久,只记得有人拍了拍我的肩膀说他们要拉卷帘门,我站起来的时候觉得自己的脑袋更沉了,额头像是装了一吨的重物,根本没法正常走路。我趴在路口的一棵树上,它孤独地支撑了我一个多小时,又见证了我三次呕吐。我终于感觉好些的时候,发现时间走到了深夜一点,地铁站早就关了门。即便如此,我还是朝着地铁站的方向走了过去,不到最后一刻,我实在不愿意打车。

走到地铁站需要走过一座天桥,在我还没有走到天桥边的时候,忽然听到有人在天桥下大声问我:

"你还好吗?"

我摆了摆手,摇摇晃晃地说我没事,想继续向前走,一股眩晕又从体内直冲脑门。最后的理智让我先蹲了下来,随后我一屁股坐在地上,那时候胃里的东西早就被我吐光了,剩下的酒精像是住在我的血管里,想吐也吐不出来。迷迷糊糊中我感到有人拍了拍我的手,再睁开眼睛的时候,一瓶水突兀地出现在我眼前。一个陌生人让我去天桥下睡一会儿，说喝多了就得先睡一觉，不用管别的。我再醒过来的时候是凌晨三点，北京繁忙的街道在此刻显得空旷又安静，让人难以想象这么宽敞的街道也能被人和车辆挤满。坐在我身旁的陌生人告诉我他叫柳长民，他说：

"我一看就知道你喝多了，你这个状态过不了那座天桥。"

我强撑着坐起身，发觉自己坐在一床破旧的棉被上，柳长民说：

"刚才你倒下就睡着了，想去棉被里头睡就直接去，里面可不脏。"

然后他指了指旁边的蛇皮袋子，说：

"需要枕头的话自己拿。"

那时我终于反应过来，眼前的男人就住在桥洞下，我想也没想居然问出了那句话：

"你为什么睡在这儿？"

柳长民的目光看向前方，看着静静流淌的河水，河水一片漆黑，什么也看不清，我觉得栏杆下头是一片巨大的深渊。柳长民的声音听起来嗡嗡的，像是身体里也刮着风：

"孩子病了。"

第五章

简单的四个字使我无法再继续向这个衣着单薄的人提问，秋天的凌晨使人发冷，我在口袋里摸摸索索，犹犹豫豫，最后还是掏出五十块钱，柳长民却怎么也不肯收，怒气冲冲地说："我是需要钱，但我不需要施舍。"然后他又笑了，说："你怎么这么容易相信别人的话，想不劳而获的人那么多，万一我是骗你的呢？"

我摇摇头，说："你不像。"

柳长民看着我，默默点了点头。那天我们一直聊到天快亮，他说自己每天一大早就去排队等日结，有什么活就干什么活，晚上能睡哪里就睡哪里，有时候睡桥洞，有时候睡公园，运气好点能睡麦当劳。他还说这些年他见证了太多故事，说自己遇到过好人，也遇到过坏人，遇到过来自一家小餐馆的老板的善意，也遇到过在医院门口欺骗他的黄牛。他还说他亲眼见过有人选择结束自己的生命，在这座天桥边，也在其他天桥边。在太阳即将升起的时候，我说："希望你孩子能早日康复。"

我看到清晨的第一缕光打在他身上，他顿了顿，眼睛里没有任何神采，脸上的表情也模糊不清，对我说：

"希望你一切顺利。"

跟他告别后，我第一次觉得，北京不是只有高楼大厦，也不是只有光鲜亮丽,这里还有许许多多的不被注意的人,这里的地面也一样坑坑洼洼。

3.

"其实我有很长一段时间没再想起过这件事,"李春晖说,"接下来的几天,我去了那个桥洞,也去了周边的公园,还去了附近所有的麦当劳,可无论是哪里,我都没有再见到柳长民。我开始觉得那或许是宿醉之后做的一个梦,直到后来的某天,我脑海里的回忆忽然变得清晰,连同那个夜晚也变得很清晰,我那时候才知道,那不是梦,我一直记得柳长民。"

停下车休息时,我回味着李春晖所诉说的这些往事,恍惚间觉得像是走进了一个又一个回忆里。与此同时,我察觉到自己的回忆也是这样,有时候一个陌生人留给我的印象,反倒比曾经朝夕相处的老同学的印象更深,失业后的安静使我有时会想起那些画面,那些画面又逐渐变得生动,颜色变得鲜明,细节变得清晰。

许久以后我偶然读到了一句话:人生不是你真正度过

的每一天的岁月，人生是你所能记得的那些岁月。在那一刻我意识到，在与我相遇之前的那些日日夜夜里，李春晖正不停地回望着自己的过去，又在一次次的回忆中加深了某些画面的刻度，于是有些回忆的坐标逐渐淡去，有些回忆的坐标却越来越清晰。

在这个意义上，他那天的叙述，来自他的反复斟酌，是他对人生旅途的再次确认，他在回望中重新看到了自己。

4.

每天的上班高峰期，人潮像是拍向沙滩的巨浪，一口气灌入地下空间的每个角落。每个人都带着疲惫的眼神，大脑还昏昏沉沉，身体却必须苏醒，得赶上最合适的那班地铁，算好时间到达公司打卡，无论前一天夜里发生了什么，也一秒钟都不能迟到。拥挤的车厢里只有寥寥几个座位，大多数人跟我一样，前往的是同一站，于是我只能牢牢地抓住扶手，跟着列车一起摇摇晃晃，像是被装进了巨大的矿泉水瓶。这让我意识到最初的想法是多么幼稚，即便地铁站离家不算太远，过长的通勤时间也足以让我觉得心灰意冷，眼看着一天的工作还没有开始，我就已经像是刚刚从水里上岸的人，疲惫感化作潮湿的水汽，笼罩了我的身体。

我在公司的工作也越来越忙碌，一个策划案做完之后，紧接着就是下一个。我们常常需要加班加点，才能准时把广告策划的初稿给交上去，但那只是噩梦的开始，陈俊杰往往会把策划案打回让我们重写：

"想象力！你们的策划案一点想象力都没有！"

到最后广告策划案往往会回到最初的版本，中间的大幅修改和来回拉扯有时显得是那么荒诞。每当这时，我都会想到王奕凯，不知道他的人生是否跟我一样，接着我又会想起在大学的头两年，恍惚间觉得那像是一场遥远的梦境，梦境里的那个人可以是任何人，唯独不是我。也是在这个时候，我发觉自己已经很久没有再读书，实际上我每天读了太多资料，到家后已经没有再进入书本的状态和精力。

在办公室里，我大概是最不合群的那一个，午休时大家聚在一起吃饭，我不知道应该怎么加入他们的话题，因为话题的变化是如此之快，往往在我还没想好应该怎么插话的时候，话题已经换到了下一个，于是只好什么都不说，

第五章

当一个沉默的听众。我想我掌握的唯一技能,就是假笑,需要我笑的时候,我总能扬起嘴角,默默地给出一个适合的反应。这种时刻往往是流言四起的时刻,人们喜欢议论别人,提到隔壁部门的领导就小声讨论,隔壁部门刚入职的新人就大声讨论,隔壁部门领导的故事就加个"也许",隔壁部门刚入职的新人的故事就加一个"肯定"。我常常会在内心感慨,其实我们可以通过自己的想象,拼凑出一个完整的跌宕起伏的故事,这时候我又会想起陈俊杰的话:"你们缺乏想象力。"

在这些时刻里,林雨桐也在那里,摆出跟大家一样的笑容,做出跟大家一样的动作,恍惚间跟说话的人一样开心。当然,她也从来不是话题的引导者,但至少,她能跟得上大家的话题,脸上带着笑,还常常笑个不停,于是看起来就是融入的。只是在偶尔能准时下班的日子里,我看到她因为工作任务没有完成,总是最后才走,在离开办公楼后,她会一个人坐在河边的椅子上,看着面前的河面,像是雕塑一般一动不动。我之所以会看到她,是因为我实在无法忍受再挤一次高峰期的地铁,于是我总是在楼下的便利店里打发时间。那时我隐隐觉得或许她没有看起来那么开朗,但在那些时刻里,我始终没有上前跟她说任何一句话。在公司里，除了工作，我们平日里也没有太多的交流。

时间一晃而过，走到了我在公司的第三个年头。这期间就像之前对你说过的，无论北京多大，无论见面需要多久，我和姜越也一定会努力见面，说上许多话，其中的许多话在事后回忆起来好像都是废话，但我们乐此不疲。我们的生活都太紧绷，需要一句又一句朋友之间的废话来恢复弹性。过年的时候，我们也会坐同一辆火车回老家。父亲跟我之间几乎没有任何交流，就好像氧气有限，多说一句都会让人窒息似的，偶尔说话也只是一两句风凉话，再问问我的收入情况，我听得出来他在乎的只是那个数字。我的工作还算顺利，策划案通过率越来越高，至少我负责的那个部分，需要修改的频率变得越来越低。

春节后寻常的一天，小组里来了一个新同事，叫周杨。我听到身边的人照常议论，说他是从别的公司挖过来的，又说他名牌大学毕业，是个高才生，领导对他的期待很高。两天后，陈俊杰给我们带来了新项目，说是客户临时找过来的，加急，让我们都放下手头的工作。我们接过资料，紧锣密鼓地做起准备。那是周杨来公司后参与的第一个项目,我看他认真地翻阅资料,不停地打着字,脸上摆出认真备战的神情。小组里每个人的任务都不同,汇总的时候,我意外地发现他什么有用的信息都给不了。他冲我们笑了笑,似乎是在表示歉意,然后突然走到我面前,诚恳地对我说:

"李哥,我知道你工作能力强,还是中文系毕业的,不管是创意、文案还是数据和市场分析,你做起来肯定都顺手。"

这时候我已经大概明白大家嘴上说的跟心里想的不是一回事,我摇了摇头,说:

"广告策划是广告策划,中文系是中文系,不一样,也都不容易。"

这个叫周杨的年轻人脸上的表情没有因为我的回答而产生任何变化,他抬起头,用虚心的语气对我们所有人说:

"我刚进公司,还没有融入大家的节奏和氛围,可这份策划案不是明天就要交吗?我在原来的公司主要负责最后执行的时候跟客户打交道,对策划不太熟悉,我现在上手也做不好。"

说完他真诚地向我们所有人道歉,又摆出了笑容,对我说:

"我会看着学的,一定好好学。这一次我真的不想耽误大家的进度,下一次我肯定能行。"

我看着他脸上摆出的笑容,那种笑容几乎无懈可击,接着又看看周围人的表情,低头看了眼时间,已经是下午了,我说:"行,你看着我是怎么分析资料的。"

他直起身,一脸认真,说:

"没问题!谢谢李哥!"

在例会上,陈俊杰看到了我们的策划案,特意让周杨负责讲解PPT(演示文稿),一反常态地很快通过了策划案。他先是肯定了我们所有人,又特别肯定了周杨,说:"小周,我就知道你会融入得很好。"

那时候我们都没有多想,没去想为什么他会到我们公司跨部门做起策划工作,但在之后的一个月,我逐渐感受到不对劲,因为周杨总是能巧妙地把自己的工作任务分配给我或者是组里的其他人,即便他所负责的已经是最轻松的部分了。而那种巧妙简直是种才能,在他说话的当口,我们都找不到合适的理由拒绝,他的笑容看起来也总是那么真诚,他把别人架得很高,把自己摆得很低,等事后我们才反应过来,自己又无故多加了一个小时的班。在那些策划案没能通过的时候,在例会上,陈俊杰话里所有的矛头都会轻轻地绕开他,这时候,无论他所负责的部分完成度如何,他都不会被责备。可在那些策划案顺利通过之后,他又被认为是小组里非常重要的一员,因为汇报的人是他,所以所有的功劳都是他的,仿佛没有他,整个策划案就绝对没有完成的可能。

这一年我已经逐渐体会到,与人交往远比工作要费事得多,比起花上一半的工作时间来思考这些,再处理这些,我宁可把手头的事情先踏踏实实忙完。接下来的工作里,我们遇到了一个实在无法理解的甲方,他的要求分开看每句话都是人话,可连在一起就跟天书没区别。那两周我们每个人都不堪重负,陈俊杰一天比一天着急,我们也一天比一天晚睡,可就是推进不下去。也是在这时候,突然不见了周杨,等我们忙得差不多了,他才像是掐着点出现在工位上,他做了最后的汇总文档,可就连这份文档都出了错,用了被淘汰的版本,结果只能我们重做。大家都愤愤不平,在策划案终于顺利通过之后,我去找陈俊杰反映了周杨的工作情况,他说他知道了,会去跟上面汇报,等有消息了告诉我,可我始终没能等到任何实质的回应。

时间又走过半个月,一天,我忙完工作,在走去地铁站的路上，林雨桐突然从身后叫住了我：

"李春晖。"

我站在那里，看着她缓缓走向我，直到她走到我的面前，我才真正确定她喊的人就是我。她告诉我前两天她也找了陈俊杰一次，随后她长长地叹了一口气，说：

"我也是刚刚听说的，周杨是合作方的亲戚，所以我想陈俊杰接下来也只会和稀泥。还有……听说去找陈俊杰的人只有我们两个。"

我看着她，先是愣了一下，随后我把所有的事串联到了一起，我不知道自己嘴里为什么会突然冒出这么一句：

"我们两个还真是笨，早就应该看出来的事，居然还想着指望陈俊杰。"

话刚说出口我就有些后悔，因为我知道自己不该在同事面前这么说，林雨桐却笑出了声：

"没想到你这人还是有情绪的嘛。"

接着她又说："我看陈俊杰和周杨最多算是绊脚石，领导才是那个最可恶的人。你看我们都连续加班多久了，加班工资不给发，吹牛和劝酒的本事倒是一套一套的。去年说的年假，到现在都没给。"

我吃惊地看着她，随后我笑了一声，她口中所说的人，就是我们在酒局上见到的人，公司说起来有三个领导，但跟我们常打照面的就是他。林雨桐的同仇敌忾拉近了我们之间的距离，我说："越是说自己大方的人，其实越是小气，越是说自己都是为了大家的人，其实越是自私。"这之后我们第一次并肩走向地铁站。那时候北京的冬天还没有完全过去，我抬头看了眼树枝，在昏黄的路灯下似乎长出了新芽，我想这一定是错觉。在地铁站的电梯上，她站在我的前头，忽然回过头跟我说："咱俩就都自求多福吧，明天见。"

我感觉到她的声音离我很近，我点了点头，说："好，明天见。"

第六章

CHAPTER 06

此刻是春天

1.

我把车停在路边,走向便利店,最近这段日子,我的烟瘾一天胜过一天,明明知道这只会消耗自己的身体和精力,却时不时想要点起一根。买完烟我又想起李春晖的第一段往事,我摇了摇头,回便利店买了瓶红牛。李春晖也下了车,坐在便利店里的座位上,怔怔地看着窗外马路对面停着的车,车前站着一对夫妻,手里共同捧着一束鲜花。我说:"等我把红牛喝完,我们就出发。这玩意儿味道太大。"

我倒不是有多照顾李春晖的感受,只是想起有一次我就是这么被投诉的,我所在的这个新平台主打的就是客户体验。

第六章

李春晖回过头时,表情显得有些恍惚,像是突然忘了我是谁,片刻后才开口。

"对了,我忘了告诉你,"李春晖说,"就在那些日子里,姜越迎来了人生重要的一刻,在旅途中他遇到了一个人,可惜这一次你没有见到她,对方也是一个很好的人。"

随后李春晖像是回忆往事一般笑了,他说:

"在他们遇见之前,姜越还总是跟我说一个人生活的好处,在他们相遇之后,有一次我问他,怎么自己推翻了自己。姜越回答说他从来就没有推翻过自己,婚姻是生活的选项,不是生活的必需,他只是很幸运地遇到了一个很好的人,他之前所说的一个人生活的快乐是真的,后来两个人在一起的快乐也是真的,一个人很好,两个人也不错,归根结底,什么能让他感觉到幸福,他就选什么。"

他说到这里时我感慨了一句:

"还挺对。"

李春晖边点头边说:"姜越一直都是这样,走在自己想走的道路上,以前是,现在也是。他能为自己的选择负责,所以最后无论他做什么选择,都会让人信服。我还记得那时候我问过他,怎么确定对方就是能让自己感觉到幸福的人,他对我说,在遇到她之后,他觉得自己走过的所有路都是对的,或者说,所有的路都恰到好处地通向了她。"

真是够浪漫的啊,我心想,但也有点陈词滥调的感觉,哪儿有那么多好运气。每个人在最开始的时候都以为自己遇到了对的人,后来发现自己爱上的不过是自己的想象,是你把对方当成了对的人,那些光芒是你自己加上去的。

我刚想这么说,扭头却看到了李春晖的眼神,他正看着马路对面的方向,但又不像是真的在看什么,然后我明白了,他看到的是自己的回忆,因为在那一刻,他的眼神在回忆的光辉里显得那么有力。于是我把话给咽回了喉咙,那辆车依然在那儿,我也看了过去,恐怕马路对面的两个人怎么也想不到,马路这边有人正在见证他们的幸福。

李春晖接下来的叙述时断时续,尽管语气依然是那么温和。

2.

几天以后,我需要外出见客户,等我回到公司的时候,已经到了下班的时间。我知道这一天免不了又要加班,意外地发现只有林雨桐还坐在自己的工位上。我看向她的时候，她也抬起了头，我看到了她的笑容。

"陈俊杰把同事们都叫走了，说是要一起吃饭，庆祝上一个策划案顺利通过。"

我低头看了眼手机，发现了工作群里的信息，我问：

"你怎么没去？"

她笑着回答："这不是工作没有忙完嘛，我本来就慢，他也不能说什么，一会儿你准备去吗？"

我听到自己的声音："我不去。"紧接着我补充了一句：

"我的工作也没有忙完，反正到最后酒局都会变成脱口秀表演，我去不去也没那么重要。"

说着我坐到工位上，整理起客户的需求，在翻阅资料的时候，我诧异地发现自己一个字都看不进去。随后我听到来自她工位的声音，她把几个文件合上，又整理了桌面，发出的声音很大。我盯着眼前的文件不敢抬头，但我感觉到了来自头顶的目光，我抬起头的时候，她问我：

"怎么一页都没有翻？"

我一时间愣住了，还没想出合适的回答，她轻轻地笑了，对我说："既然你也没饭吃，那走吧，我们一起吃饭去。"

于是我点了点头，跟着她并肩走出了写字楼的大门，边走边聊了会儿工作，接着我们就不再说话了，我发觉仅仅是过去几天，春天就像是真的来了，树叶长出新芽，花开了几朵，黑夜也不再那么漫长，我们走到路口的时候，天边依然能看到一丝余晖，在写字楼之间的缝隙中我看到了红色的云彩。我跟着她穿过写字楼，又走过两条小巷，路过几户人家，看到他们的房子前都种着盆栽，然后我们走到了一家餐馆门口，这家餐馆是那么不起眼，打开门之后我看到里面只有六张桌子，老板出乎意料地年轻，看起来比我们大不了多少。我那时能看到的景象只有这些，因为我反复地被自己的心跳声所打扰。我也不知道为什么，那一刻心跳的声音居然大得出奇。

"我之前总是在楼下的便利店见到你，"坐下后林雨桐说，"看到你吃干脆面，又看到你吃盒饭，还看到过你吃饭团。这三样东西里面，你最喜欢吃什么？"

我一时说不出话来，半响才想起要回答，摇摇头说："都不喜欢，我主要是为了赶时间才吃的。"

我看到林雨桐直直地看着我，我几乎是下意识地想要把头低下，这时候她叫了我一声，随后说："不要敷衍自己的胃，因为一旦开始敷衍自己的胃，下一步就必然是敷衍自己的生活，而生活，是经不起敷衍的。"

接着她向老板报出几个菜名，笑着对我说：

"我以前来吃过几次，这里的宫保鸡丁很好吃，鱼做得也不错，别看只是几道家常菜，也能做得有滋有味。米饭的软硬也很合适，吃饭嘛，还是得吃热腾腾的。"

我记得那些饭菜的味道，也记得自己大口大口吃得很开心，吃完后我们说着话，餐厅昏黄的灯光轻轻地打在她脸上，也照亮了她的头发。她的眼神也很亮，在那之前我不记得在谁的眼睛里看到过那样的光彩，在那之后我也没有见过那样的光彩。我记得后来的话题，是她问起：

"你为什么会来北京？"

我犹豫着要不要说出自己曾经的愿望，我担心自己的倾诉只会换来敷衍，最后还是决定长话短说：

"因为我小时候一直有个写作的梦想，那时候我觉得只有在北京才能实现这个梦想。"

说完我忽然觉得自己不该用"梦想"这个词，我以为她会觉得我白日做梦，然而她只是点了点头，说："我能理解。"

她接着说："我的故事有点长。"

我说:"没关系,我想听。"

随后她告诉我,她的老家离北京很远,是爷爷一个人把她带大的。她的老家很小,从村头走到村尾,只需要半天不到的时间,其间能看到的,是一间间平房和大片的田野。她当然喜欢田野,喜欢田野旁长满的狗尾巴草,她最喜欢拿狗尾巴草逗爷爷笑,她也喜欢村子里的所有人。可她还是向往北京,向往电视里出现的北京,那时候村子里统共也没有几台电视,电视里也压根没有几个频道,能看到的新闻大多是关于北京的,北京成功申办奥运会的时候,她觉得远方的那座城市充满了一切可能。所以她心想,只要能来北京,就能寻求另一种生活,在那个生机勃勃的城市,她能过上跟村里长辈们所描述的不同的人生。不是一眼能看到头的人生,不是那种按部就班的人生,而是每天都有滋有味,充满惊喜,充满可能的人生。所以在大学毕业后,她立刻收拾好了所有行李,来了北京。

说到这里她忽然苦笑了一声,说:

"来北京的第三年,我才发现曾经的想象跟现实差了十万八千里,那只是我的幻觉。电视里的人生也只能出现在电视里,我们从来都不是新闻的中心,我们只是新闻的

第六章

背景。我以为北京的生活会比老家更浪漫，但其实它比老家更现实。这个世界不是那么诱人的。那时候我还能勉强安慰自己，一切都是暂时的，现在看来，一切好像已经成了定局。我的结局呢，就是做着一份说不上来喜欢不喜欢的工作，每天都匆匆忙忙，却没办法把工作做好，看不到一点盼头。我回到家后简直只想呼呼大睡。说起来那个住的地方叫'家'，但细想我压根就没有好好布置过，所以呢，无论是在公司，还是在家里，我都觉得是在'外面'。"

我告诉她我也有类似的感受：

"我在通州租的房子，也没有好好布置，连行李箱都一直放在床头，不知道房东什么时候会突然涨房租，也害怕自己随时需要搬家，根本不可能安定下来，归属感就更谈不上了。"说到这里我忽然觉得工作的日常是多么讽刺，"我们每天都在写广告策划案，告诉别人只要买了这些就能拥有生活，就能抓住梦想。为了工作，我也买了那些东西，到最后它们只是堆在家里的某个角落，连带着陈俊杰有时候送我们的样品，眼看着落满了灰。我也没觉得自己真掌控了什么人生。"

说完我们对视一眼，都笑了一声。

"你有想过辞职吗?"她突然这么问我。

我思索片刻,摇了摇头,说:"我不知道,不知道自己还能做什么,也不知道自己到底还想做什么。"

这时候她的手机响了,她犹豫了会儿,接起电话之后她立刻挺起了腰,坐得很直,声音听不出任何紧绷,听起来是那么轻松,就好像她正在享受着惬意的时光。她用我听不懂的方言说话,但我能大概猜出最后那句是什么意思,是让电话另一头的爷爷注意身体。我脑海里浮现出她在公司时的笑容,我的喉咙突然很痒,随后的那句话像是自己从嘴里冒出来的:

"我在公司里常常能看到你,我看到你的脸上总是挂着笑容,跟身边的人说话也很融洽,看起来很愉快,那时候我还以为你每天都过得很快乐。"

我看到她的呼吸停顿了一秒,接着听到她说:

"我在公司里也常常能看到你,看到你的脸上也总是挂着笑容,但又看到你常常在下班后一个人窝在便利店,在公司里,你也不怎么参与我们的话题。我知道你每天应该过得不太快乐。"

我愣了一下,回过神来的时候又看到了她的笑容,她接着说:

"突然发现,我们还挺像的。"

第六章

说完我们站起身离开餐馆,在走向地铁站的路上我们走得很慢,从小巷子走到写字楼的时候,我一时间有些恍惚,觉得像是从云端回到了地面,人们脚步匆忙地从我们身旁掠过。随后我们走到了地铁口,我看着她要走到对面的方向,说我家也在那个方向,她听完看着我,灿烂地笑了,说:

"你忘了,我知道你家在哪儿。"

然后她跟我挥了挥手,说:

"那,明天见。"

接下来的半个多月,我们又去了几次那家餐馆,也好几次并肩走在去地铁站的路上。有一天她说:"其实我也好久没有好好吃饭了,那天跟你说的话,也是说给我自己听的。还好那家餐馆是真的很好吃。"

那一刻不知道为什么,我突然说出了一句:"其实饭好吃不好吃,很大程度上取决于跟谁一起吃。"在之后的几天夜里,我脑海里一直回响着这句话,我始终在问自己为什么要说出那么一句话,也一次次地回忆着当时的对话是否因此变得尴尬,可我怎么也没办法把那天接下来的对话给回忆完整。

时间走到了二〇一〇年的四月，一天，在午休的时候，所有人正聚在一起吃着饭，我突然接到了父亲的电话。

接完电话之后我才意识到，第二天是我的三十岁生日。

3.

"到了我和姜越在字条上写下的年纪了，"李春晖说，"他先我一步回了老家，去了那座山，没能找到那个铁盒。对于三十岁这个数字，我一时间觉得很陌生，说来也怪，十几岁的时候我觉得三十岁很近，二十几岁的时候我反倒觉得三十岁很远，它还在遥远的另一头，回过神来，总感觉时间被偷走了几年似的，眨眼间我就真到了三十岁。陈希，你应该还没到三十岁吧？"

"再过两年满三十岁。"我说。

"会觉得慌张吧？"李春晖笑着问，"对于自己的年龄即将不再二字打头这件事。"

"没人问过这个问题，"我想了想说，"想到的时候应该会，但我平常不会刻意去想。"

现在想想，这简直是那段时间里属于我的特长，所有让我觉得烦恼的事情，我都会让自己不去想，只需要一点点努力，只需要有手机，我就能做到。事实上我没有什么特别想在三十岁之前做成的事,在听到他们写下愿望的时候,我确实对三十岁这个年龄产生了好奇,也想知道别人的三十岁是怎么度过的。我甚至还设想了一下,如果是我,会在字条上写下什么,然而没有任何清晰的答案。或许曾经有过,但越是靠近三十岁,我就越是不知道自己要做什么,就好像一条道路原本很清晰,走着走着却发现自己走在浓雾里,越走越深。我当然想赚足够多的钱,这是未来生活必要的保障,但那之后的想法是一片空白,如果现在有颗流星出现在面前,除了赚到钱,我居然不知道自己还想许什么愿。

"我当时连慌张的念头都来不及有,"李春晖接着说,"我只是在忙碌中,匆匆地迎来了自己的三十岁,自己的人生也已经变得跟小时候所想象的完全不同,我有时候会觉得镜子里的那张脸是陌生的。"

面对眼前的这个陌生人,听着他的故事,我第一次很想开口说说自己,说自己突然没了工作,人生被迫按下了暂停键,阴错阳差下,我开起了这辆车,每天开往不同的地方,发现北京远比我想象中大,但在这么大的城市里,没有任何一个地方是我的目的地。我在这些天接到过许多晚上十点从写字楼下班的人,看着他们的穿着打扮,也看着他们的疲惫,我想他们在刚来到北京的时候,一定都对这座城市和自己的未来有着某种程度的憧憬,而在这些憧憬里,一定没有"在三十岁的时候,工作日总是需要加班到晚上十点"这一条。

两年后的我,会过上什么样的生活呢?生活是不是还这么无趣呢?这么一想,我又是否拥有过生活呢?我摇了摇头不愿再想,掏出手机想转移自己的注意力。这一看我发觉时间居然过去了将近半个小时,红牛也早就喝完了,我赶忙站起身,告诉李春晖我们必须现在就走。

上车后我注意到了他的目光,他盯着我车中间的后视镜,起初我没明白他到底在看什么,随后意识到,他盯着的不是后视镜,而是后视镜上挂着的猫咪挂坠。

"你也很喜欢猫吧?"他说,"我一上车就看到了,你的车座后头的靠枕都是猫。"

我这才明白在书店的时候,他让我留下时为什么要说一句"还有小猫"。

可我其实没有多喜欢猫,我也没有养宠物的想法,看到别人都那么喜欢自己的宠物的时候,我反倒很难理解,连养活自己都很困难,为什么还要养一只猫呢?那时候我不知道陪伴有多么重要，只觉得光是应付自己一个人的生活，就已经疲于奔命了，又何必增加负担。

这个猫咪挂坠不属于我，而属于我的前同事，车后头的靠枕也是一样，最初这辆车是她在开的，这些都是她不要了的，我也没想着处理。我想开口解释，却又觉得麻烦，于是干脆保持沉默，好在李春晖似乎并不在意我的沉默。

"这只猫跟我们家的小猫真是一模一样。"
我听到他这么说。

4.

手机的振动吓了我一跳，低头一看，是父亲打来的电话。

我不知道他为什么会突然给我打电话，我起身去了安全通道，做了个深呼吸，犹豫了一会儿才接起电话。

"李春晖，"我惊讶于电话另一头的声音永远那么熟悉，"你明天就要三十岁了。"

有过那么一个瞬间，真的，一个非常短暂的时刻，我以为他的下一句话会是"生日快乐"。然而直到电话挂断，他也没有说任何类似的话。电话里的他只是这么说：

"我像你这么大的时候,你都已经上小学了。"

奇怪的是,听他这么说,我内心反倒释然了。

"以前的事都随他去吧,"他的语气忽然变得温和,"那时候你也小,不懂事,我不跟你计较。但现在你都要三十岁了,你也是上过大学的,有四个字你应该比我清楚,成家立业,对吧?你准备啥时候结婚?"

我没准备做出任何回答,只是沉默着。父亲很快就理解了,我的沉默是一种抗议,于是愤怒回到了他的声音里,我听到电话另一头的声音抬高了八度:

"你还准备晃荡多久?"

我说:"我有在认真工作。"

这时候父亲的声音又变得轻蔑,我真搞不懂一个人的情绪怎么能如此反复无常,他说:

"去北京的时候你不是信誓旦旦地说,将来能靠写作生活吗?你不是一直以为自己能成为作家吗?我早就知道你不是那块料。"

"我现在……现在过得也很……很好。"我脑海里的话语突然不再连贯,只能强装镇定,为了掩饰内心的狼狈,说话的音量也高了起来。

第六章

父亲像是不愿意在这个话题上纠缠下去,说:"我同事的女儿今年三十岁,刚好也没能结婚,你这两天回来见见。"

"我不想见。"我说。

"人家跟你很合适,"电话的另一头传来了他敲桌子的声音,一声,两声,三声,跟从前一模一样,"别以为你人在北京就有多了不起,人家愿意见你就很不错了,你别不识好歹。"

我不明白父亲嘴里的合适指的是什么,也不明白他的语气为何能这么斩钉截铁,然后我听到电话里传来陌生的声音,又听到父亲对我说:

"人老赵就坐在我旁边,我把你的照片给人家看了,人老赵也算是给我面子,觉得你还不错。"

我忽然觉得世界是那么荒谬,原来在我不知道的地方我也被人审视着。至于"面子"这两个字,我更是无法理解。随后父亲的声音再次传来:"人家女儿的照片我也看了,人很不错,我算了你们的八字和属相,很合,不犯冲。我跟你再说一遍,你不要不识好歹,也不用管什么北京的工作了,你这次回来,就别想着回去了。三十岁了,也没闯出个什么名堂,在北京继续待着还能有什么意思?我告诉你,我同事的孩子都回来了,结婚生子,人孩子结婚的对象，照样是父母挑的，一家子都很幸福。孩子我前两天刚抱过，你知道什么叫孝顺吗？这就叫孝顺。你别让我再抬不起头。"

父亲反常地说了很长一段话，讽刺的是这段话让我明白，他之所以会打这通电话，只是因为在单位里看到了别人家的生活，受到了刺激。在他和老赵的眼里，孩子跟谁结婚不重要，是否会幸福也不重要，他们只需要结婚这一个事实就够了，下一步自然也就顺理成章。换句话说，父亲在意的压根不是我结婚与否，他在意的无非是他自己。

可这时候我的口齿背叛了我，某种阴影笼罩了我，最后我只能用高音量来表达态度，我说：

"如果我……我要结婚，也一定是因为我……我自己想……想结婚。你也说了明天是我的生日，我没……没心情听你说这个。至于你说的孝顺，我会努力赚……赚钱给你定期汇过去的。就……就这样，我很忙，没空再说了。"

挂断电话后我闭上眼调整呼吸，打开安全通道的大门，却发现办公室里异乎寻常地安静。当我坐回工位的时候，我听到一阵突兀的嘲笑声，那笑声不大，也没有持续太久，可我觉得那笑声在办公室的墙壁上弹来弹去,一次又一次撞向我,恍惚间我像是回到了过去。我低下头,打开文档,大声地打字,随后的工作时间是那么漫长,我感觉到想要获得氧气是那么困难,像是被人抓住了胸口,好不容易熬到下班,我迅速地整理东西,逃出写字楼的时候,终于长长地呼出了一口气。

身后传来熟悉的声音,有人拍了拍我的肩膀,我回头后看到了林雨桐,她注视着我的脸,轻轻说了句:"李春晖,提前祝你生日快乐。"

那一刻我的大脑先是一片空白,我没有去想为什么林雨桐会知道明天是我的生日,随后我感觉到眼前有些模糊,我觉得很奇怪,因为我没有想哭的感觉。我觉得展现出脆弱是一种耻辱,就用力地眨了眨眼睛。林雨桐看着我笑了,说:

"一个人想哭的时候,是能哭的。"

她的这句话让我轻松了些,于是我反倒开怀地笑了,说:"谢谢。"

我们并肩走在路上,我第一次跟她完整地诉说起自己,在往后的岁月里,我还会时不时地回望那个瞬间,想弄清楚那些话是从哪里开始的，又怎么自然地一点点继续了下去。我说起母亲，说起姜越，又一路说到现在，最后说我从来没有想过三十岁的前一天会过成现在这样，三十岁之后，我的精力会越来越差，会再也没有余力去认识什么人，也不可能去靠近什么梦想，工作会越积越多，钱包却不会因此鼓起来，所谓三十岁，不过就是这样的年纪。

林雨桐边听边认真地看着我，等我说完的时候她的脚步也停了下来，我站在她的左边，她转过身，一字一句地对我说：

"李春晖，现在你什么都别想，明天是你的生日，是你来到世界上的纪念日。"

她又说：

"你已经很辛苦了，所以可以快乐。至少在这个瞬间，在生日那一天，你可以。"

接着她带我走到那家熟悉的小餐馆，吃了平日里常点的菜，林雨桐告诉老板杨复兴明天是我的生日，于是我平生第一次吃到了长寿面，杨复兴在面条上撒了葱花，又用胡萝卜雕了四个字：生日快乐。

第六章

在吃饭的时候,林雨桐告诉我,她听到了我在安全通道里打电话,最后那段话的音量很大,当时路过的周杨也听到了。我知道自己的口吃被人听到了,过去的阴影瞬间向我袭来,嗡鸣声充满脑海,可她只是对着我友好地笑了笑,接着说:

"我身边的朋友大多结婚了,本来我还有一些朋友的,后来就逐渐生疏了。我对婚姻的想法很奇怪,到了现在这个阶段,谈不上多相信爱情。那些不是因为爱情结婚的,日子能过得幸福。那些因为爱情走进婚姻的,最后反倒一地鸡毛。我不知道,也说不清。我的爱情很早之前出现过,后来又迈开脚步走了。你知道吗?有时候恰恰是你身边那个看似最亲近的人,最让你孤独。我们呢,既不互相理解,也没有去试着了解彼此的意愿,那样的生活简直是折磨,我却还舍不得放弃。后来,有段时间,我也怀疑一切。但现在我觉得,我还能再等一等,再等等对的人。没有人规定,爱情非得在三十岁之前到来,不是吗?"

我问:"如果等不到呢?"

她笑着回答:"等不到就等不到呗,也没人规定,等的时候什么都不能做。不还是一样能好好生活吗?"

吃完饭后我们走回写字楼,回到了大楼前方的河边,河对岸的高楼还亮着灯,和身后的高楼一起照亮了夜晚。我知道夜晚不该是这么被照亮的。我看向桥边,春节期间挂上的灯带还没有完全被拆除,林雨桐这时候回过头告诉我:

"我以前常常来这儿。"

我点了点头,说:

"我知道的,之前有好几次晚上,我都看到你一个人坐在这儿。"

林雨桐愣了一下,随后笑了。

三十岁生日的前一天,我觉得自己的心情像是在坐过山车,上一秒还在坠落,下一秒又迅速升起。我在这之后也懂得了一件事:有人或许很早就遇到了爱情,有人或许很晚才会遇到爱情,有人或许一生都没有遇到爱情,但在爱情来临的那一刻,不需要别人告诉你,你也能够分辨出,那就是爱情。因为爱本身就是一个人和另一个人,彼此看见的瞬间。

我们在河边的椅子上坐下,林雨桐的声音再次传到我耳中:

"心情不好的时候,我就会来这儿发呆。我这人很奇

第六章

怪吧?"

我边摇头边认真地说:"没有,每个人都有想要放空的时候,选择什么样的方式也是个人的自由。"

她听完接着说:

"我是来看河水的,看着流动的河水,我会觉得其实人也是流动的,那些难过的情绪也就能从我身体里流走。"

我对她说我也想试试,认真地闭了会儿眼睛,再睁开眼睛的时候告诉她:

"我没办法用语言告诉你我的感受,但我知道我体会到了你所体会到的。"

林雨桐咧开嘴笑了,那是我看到的最美的笑容,就好像那一刻全世界所有的美丽都凝聚在了那个笑容里,于是天空的所有星星都黯然失色了。接着她轻轻地拍了拍自己的衣服口袋,说:

"上周咱们不是又加了一周的班吗?有一天晚上,差不多是这个时候,我坐在这里,听到旁边的灌木丛中有几声猫叫,叫得很大声。"

说完她从口袋里掏出用保鲜袋装好的猫粮,站了起来,又说:

"但那天我没有带吃的,我让它在原地乖乖等我,可等我再回来的时候，怎么找也找不到它了。我知道不应该随便喂流浪猫，所以我想着，如果这两天能够遇到它，就把它带回家。不知道为什么，我觉得，把它带回家的日子，就是今天。"

第七章

CHAPTER 07

此刻是春天

1.

"后来你们找到那只小猫了吗?"我忍不住问。

说话间阳光忽然不再那么刺眼了,半空中浮着的云朵多了起来,像是要为我们遮挡下阳光似的,抱成一团围住了太阳。我们开到了北京边缘的小镇,拥堵不会出现在这里,在等红灯的时候,我看到李春晖的脸上有着沉浸于往事的神采。不知道为什么,他的手一直抚摸着放在腿上的那个纸盒,那个装着猫粮的纸盒,他说:

"那天晚上,我们一边轻轻晃着猫粮,一边在灌木丛边等着。我腿都蹲麻了好几次,她却一直等着,我知道她还不愿意放弃。眼看着时间一点点流逝,地铁的末班车时间就要到了。我心想今天是不可能顺利找到小猫了,就轻轻拍了拍她的肩膀，说'走吧'，话音刚落，灌木丛里突然传出了一声'喵'，那瞬间我怀疑自己听错了，但很快我们就听到了第二声猫叫。说来也怪，原来那只小猫一直藏在眼前的灌木丛里，可直到它发出声音，我们才真正看到它。"

这时候从云朵的缝隙中探出来的光正落在李春晖的脸上，他嘴角的笑容是那么清晰。

2.

我看到它小心翼翼地探出脑袋，跟我们对视一眼，又像是被吓了一跳，嘴巴张了两下，发出两个无声的"喵"。林雨桐想走到小猫身边，我拉住了她，对她说我有经验，接着我把猫粮轻轻放在地上，又带着她后退了三步。在看着小猫靠近猫粮的时候，我轻声说："刚才跟你说起的我小时候遇到的那只猫，跟它长得很像，我叫它夏天。"

林雨桐扑哧一声笑了，说："春晖，夏天，合着这名字是跟着你取的啊？"

我点点头，这时候我们都听到小猫发出了一声清脆的"喵"，它坐在那儿，放在地上的猫粮已经被吃得一干二净，我说："小时候我一直觉得自己能听懂猫叫声，现在我确定我能听懂猫叫声。"

"那它刚才是在说什么呢?"

"它在说,它在这里流浪了很久,一直都在等你,现在它又说,想要跟你回家。它的想法跟你一样。"我边说边向小猫轻轻靠了过去,瞄准它的后脖颈,一下就把它抓在了手里。它是那么瘦小,在我手里几乎像是没有重量,它又轻轻地叫了一声,睁圆了双眼,半是恐惧半是好奇地看着我。

林雨桐走近说:

"把它放到我衣服口袋里。"

我说:"小心它挠你。"

林雨桐笑着摇摇头,说:"不会的,因为我也能听懂小猫的叫声。它告诉我,它很乖。"

宠物医院里没什么人,当医生抱着小猫去体检的时候,诊室里只剩下我们两个人。那时我们正讨论着应该给它起什么名字,林雨桐突然说:

"你给了我灵感,就叫它夏天好了,这名字听着挺不错,有生命力。"

我转过头诧异地看着她,她也看着我,接着我不得不转移自己的视线。不知道为什么,我忽然能感受到林雨桐的呼吸，大脑一片空白，我觉得自己像是一片羽毛，正轻轻地远离地面，我不由自主地说出了一句：

"我想常常去你家看看它，我也想看着它一点点胖起来。"

说完我赶忙补充："不是都说了吗？它的名字，可是跟着我取的。"

一个月后的一天晚上，我坐在林雨桐的身旁，听到她说：

"我的上一段感情是在三年前结束的，结束的时候我真觉得是种解脱，现在回想起来，那只是平凡的一天。"

她做了一个深呼吸，接着说：

"我本来以为新的生活会很快开始，结果三年来我的生活没有一点变化。之前对你说的许多话，其实我在心里对自己说了无数次。人总是擅长给别人讲道理，等轮到自己，那些道理就通通做不到了。我没勇气做出改变，敷衍生活的人其实是我，但现在我觉得生活总算是重新开始了。"

我说话的声音意外地清晰："那我们一起照顾夏天，一起开始新的生活。"说完我停顿了一下，坐直身，扭过头，看着她的眼睛，说："还有，那不是平凡的一天，因为那天让我通向了你。"

两年后，在遇到夏天的同一个日子，我生日的前一天，我们结婚了，于是四月就有了三个值得纪念的时刻。婚礼的那天，我们准备了许多狗尾巴草，雨桐说爷爷一定也会看到的，那是我第一次看到她泣不成声。

夏天活得很好，一点点地胖了起来。雨桐毫无保留地爱着夏天，尽管它在遇到我们的那天，就被诊断出了先天的行动障碍。"你们会发现它走路歪着身子，动作也不像别的小猫那么协调。"听到宠物医生这么说，雨桐也没有一点动摇。后来夏天一天天长大，走路的时候依然会斜向右侧，没法走一条直线，但它会在每天夜晚，笨拙地跳上床，先屁股着床，然后歪着身子走到雨桐的枕头边，直挺挺地躺下，打起呼噜。姜越常常来我家，看看我们俩，也看看夏天。第一次看到夏天的时候，他说：

"小时候你遇到的那只小猫，现在回来找你了。"

那时候雨桐换了一份工作，两年的努力使得她在新工作中站稳了脚跟。她终于相信了我对她说过的话，其实她很好，只是没有遇到对的环境。我先前也想过换工作，但还是在那家广告公司待了下来。周杨在不久后就去了另一个部门，他来我们这里只是增加履历，许多人也跟他一样，

第七章

不过是生命中的过客，虽然让人苦恼，但总是会慢慢消失。那些年广告业依然突飞猛进，公司逐步扩张，办公室的空间越来越拥挤，尽管融入对我来说依然是个问题，但对于策划案，我越来越得心应手，有了一个更好的职位，话语权更高，工资也跟着逐年上涨。

未来终于又变得清晰了，我们在这时候有了一点积蓄，租了一个更大的房子，也都想着应该尽快买人生的第一套房。我们能考虑的只有分期买房，可那些年房价如同火箭般蹿升，远超我们的心理预期，好一点的房子我们连凑够首付都有难度，次一点的房子又实在太差，我们很难下定决心把未来都押在这个房子上，就此背上房贷生活。那些日子陈俊杰不再常叫我去应酬，我想之前的拒绝终于起了一些作用，但在看房的那天我又想，是不是去了酒局，我就更会被看重，能升得更快。等我们回到出租屋，我说：

"我会努力攒钱，总会有适合我们的房子。"

雨桐看着我，轻轻地握住了我的手，说：

"我知道你在想什么，但你跟我一样，都讨厌浑身酒味。也不是只有那一个办法，春晖，你有能力，我现在的工作也不错，日子是一天天过的。有你的日子，无论在哪里，都是好日子。"

现在回想起来，那几年的日子真是最好的日子。早上我们一起醒来，喝从超市买来的大瓶咖啡，她总是要多加几块冰，然后我们一起吃早饭，有时候是面包，有时候是麦片，取决于超市的特价商品是什么。八点不到，我们一起出门，去同一个地铁站，列车驶过三站后，雨桐跟我告别，我还有八站才到达目的地。我心里知道她其实不用起这么早，但她从来都说：

"我本来在那个点就会醒。"

晚饭我们会尽量一起吃，谁有空谁下厨，吃完饭我们会在小区楼下的街道散步，那时候我们在家附近总有散不完的步，我常觉得那条街道两边的东西一成不变，雨桐却总觉得有意思，她说："每天的街道都是不一样的。"
我说："不都是一样的店吗？"
"遇到的小狗不一样，遇到的人不一样，天气不一样，你看到地上的落叶没有，每天的树也都是不一样的。"

我们总想着，只要有时间，就去那家小餐馆。每年我的生日，我们也会去那家餐馆，那些年餐馆里多了一个叫

第七章

杨梓涵的小女孩，她是杨复兴的女儿，总是坐在餐馆里最靠柜台的位置，安安静静地画画。在我过生日的时候，她会很认真地跟着雨桐唱《生日快乐歌》，又在之后的某天画了我和雨桐，把画送给我们。雨桐特别喜欢那个小女孩，她总说，本来就喜欢小女孩，看到那个小女孩的时候总会想，将来如果要有孩子，就得是个女孩，像那孩子一样可爱。所以后来再去那家餐馆的时候，她总想着给那孩子带份礼物，总想跟那孩子多说几句。吃完饭我们就一路走回那条小河边，一边看着河水一边说话，又在回家的路上，给夏天买一点猫零食。

那时候每隔半年，我们都会计划旅行，我们都觉得，无论未来的计划是什么，都不应该彻底牺牲当下。我们总是坐在沙发上，盯着不同的软件，对比酒店和车票的价格。我们总是会惊讶地发现，两个人的手机上，同一款软件显示的价格却不一样。最后我们总能用最低的价格，体验到完美的旅途。那些年我们最喜欢的地方就是海滨城市，因为雨桐是那么喜欢大海，我们总是尽可能地多去几次，她兴奋地告诉我赶海的技巧，然后向我展示她挖到的贝壳和牡蛎，有些时候我们只是静静地坐在海边，看着地平线的尽头，看着海天连成一线，感受海浪一刻不停地拍向沙滩，永不停歇。这总会让我想起她的理论,看着流动的大海,我也会觉得好似一点烦恼都没有。

我那时已经很久没有再写些什么的念头了,在看海的那天,我久违地想要写点什么。我打开手机备忘录,记录下脑海里出现的碎片。雨桐笑着说:
"等你真决定动笔了,我就是你的第一个读者。"
我说:"你就是故事本身。"

3.

"现在回想起来,那真是最幸福的日子。"
在李春晖重复了一遍这句话之后,我忽然觉得哪里不对劲。

我下意识握紧了方向盘,在彼此的沉默中驶向目的地。导航提醒我,到了前头需要转弯,于是我向右边拐了过去。宽敞的主干道瞬间消失,眼前出现一条狭窄的小路,两边的车道都只能容纳一辆车通行。人行道上正在修路,风扬起一阵又一阵黄土,我就这么不情不愿地穿行在灰尘和泥土中,人行道另一边的房屋一半很新,一半又很破旧,破旧的墙上是一道道黄色的雨痕。

时间不知道过去多久,我开出了那条满是灰尘和泥土的道路,视线终于重新变得清晰。道路两边的房屋不见了,取而代之的是一片荒地,只有几间矮小的平房孤独地立在荒地的中间。这样的风景让我想到在高铁上看到的景象,那时候我总是在想,这里的人们都过着什么样的生活呢?在这里生活的人是不是快乐呢?

我们明明就生活在同一个世界,但其实我们总是生活在不同的世界。

这时候李春晖让我把车停下,我说了句:"就快到了。"说完我才发现他的脸色突然变得很差,我不知道他是不是需要下车喘口气,还好这条路可以随时靠边停车。下车后李春晖走到树荫下坐了下来,我跟着他一起坐下,心里盘算着明天又得早起去洗车了。半空中的云朵消失了,我扭过头看向他的时候,发现树叶没法完全遮挡住阳光,在他脸上投下了斑驳的阴影,一瞬间,他显得有些落寞,眼神里写着我读不懂的情绪。我低头看了眼手机,听到他问我:

"你去过海边吗?"

"前不久刚去过,看短视频的时候,看到有一艘货轮搁浅在了海岸边。"我说。

"那个地方我前不久也去了,"李春晖说,"那个沙滩变成了热门景点,我看到那里挤满了人,有人拿着喇叭一遍遍大声播放,说是能载人到货轮附近,拍照打卡。我也在网上看到过几张图,确实很美,那天还有小朋友在附近喂海鸥。我想雨桐肯定会喜欢那艘货轮,她总是觉得日常能看到的一切都很有意思,哪怕是日落也值得停下脚步,就算是人满为患的地方,她也能看到好的那一面,然后发自内心地觉得快乐,更何况那艘货轮看着确实很壮观。"

"只不过那一次我看到的不是什么风景,只是一艘无奈地停在岸边的船,即使海水是流动的,也没法把那艘货轮推回到航道上。"

随后李春晖一阵沉默,打开了车门却没有上车,只是拿起纸盒,站在车边,视线久久地停在纸盒上,我看到他的脸上露出了一个复杂又奇妙的表情,像是释怀,又像是难过。接着他告诉我:

"我还在沙滩上遇到了一只小猫,跟夏天长得挺像,只是眼睛的颜色不一样。夏天的眼睛是蓝色的,跟大海的颜色很像。我好久没有看到那双蓝色的眼睛了。"

第七章

我越听越觉得不对劲,可又不知道怎么接话,只能沉默地点了点头,视线看向道路尽头的那座山,我恍惚间觉得自己要去的地方仿佛是世界的尽头。这时候刮起了风,他的声音再次传了过来,跟他脸上树叶的阴影一样摇摇晃晃。

4.

那是在二〇一四年,树叶渐渐告别树枝的季节,我还在公司里上班,突然接到了一个陌生的电话。我赶到医院的时候,填写了一大堆资料,雨桐因为突然昏倒,被紧急送到了医院。一位医生告诉我,他们目前首先要做的,就是止住大脑里的动脉出血。我压根就不知道这句话是什么意思,随后他说,必须在通知书上签字。这之后我在手术室门口等了又等,时间一分一秒地流逝,除了等待我竟然什么都做不了。我是怎么也想不明白,想不明白都发生了什么,也搞不懂为什么这些事情会发生,她才三十二岁,身体一点预警都没有,平日就连感冒发烧也很少。

后来医生走到我面前,让我先坐下,接着告诉我,雨桐的脑出血是因为动脉瘤破裂,出血的部位很不理想,然后他很快地说起预后的风险以及二次出血的可能。他说的每一个字都很清晰,也能准确地传到我耳中,可我就是不明白到底是怎么回事。我的脑袋昏昏沉沉,只想尽快见到雨桐。医生却告诉我,重症病房属于全封闭管理,原则上不允许家属陪护。我说:"我必须看到雨桐。"医生点了点头,说:"我理解你的心情,明天下午四点是探视时间。手机保持畅通,有任何事,我们都会第一时间通知你。"

我在休息室里坐了一夜,我周围也坐着不少人,所有人的脸上都写满了疲惫,那时候的休息室里没有人发出声音,我看到一位母亲,站在墙边默默地祷告。雨桐是在第五天醒来的,她一开始没能认出我,我跟她说了会儿话,她似乎才逐渐想起来我是谁,只是还没办法开口跟我说话。我以为人醒了就好,雨桐会很快好起来,可没想到医生告诉我:

"目前病人还没有脱离危险期,你还是需要做好准备。还有,费用这一块……"

他的话还没说完,我就爆发出一种前所未有的愤怒,我怒吼着说:

"做什么准备?你告诉我做什么准备?"

我痛骂医生,我痛骂医院,我把所有的愤怒一股脑地

第七章

都宣泄出来，等医生走后，我才发现自己的愤怒毫无道理，全身也没有一丝力气，我的大脑像是挨了一闷棍，根本无法思考，是仅剩的理智让我回到公司，申请长假，把能准备上的钱都先准备上，回到家给夏天喂猫粮，又四处打听有没有上门喂养。我没想到在公司里站在我身边的人是陈俊杰，他拍了拍我的肩膀，说："公司的事你就别操心了，有事也能远程参与，你去吧，随时联系。"

住院的第三周，十一月才刚开始没多久，凌晨的北京居然飘起了零星的雪花，我拿出手机拍了一张，想着过一会儿下楼再拍一张雪景，我知道雨桐肯定会喜欢。可不到一个小时雪就停了，没能在大地上留下一点痕迹。又过了两天，雨桐被送进了普通病房。我坐在她的床边片刻不离地守着她，那时候她状态好了一些，精力也恢复了一些。那是我第一次看到，人在生病之后，会先变得很瘦，接着会浮肿，嘴唇会脱皮，就连舌头也会干裂，上面的纹路像是一道道沟壑。雨桐用手摸了摸我的脸，嘴巴一张一张，说出每个字都需要花费很大的力气，我听到她说：

"瘦了。"

我说："等你好了，我们一起去好好吃顿饭。"

我没想到雨桐没接我的话茬，她的表情看起来是那么担忧，说：

"过两天我们换一家医院，这里太贵了。"

我告诉她，我们不换医院，等我们离开这家医院的时候，就是她康复的时候，到时候我们直接回家，我们还有许多饭要一起吃，还有许多地方要一起去。然后我看了眼时间，走出病房，准备那天的晚饭，雨桐得按照医嘱吃饭，护士会告诉我她能够吃什么，然后把饭菜都打成流食，用针管喂进她嘴里。我每次都会盯着护士的操作，每看一次心就下沉一次，那天我走出病房，第一次在医院流下了眼泪，在回到病房前，我跑到厕所洗了脸。我以为自己掩饰得很好，雨桐却一眼就看出我哭过，她说：

"你眼睛肿了。"

我回答："是被风吹的。"

我一遍遍地询问医生，询问护士，上网查资料，又把所有能去的医院都跑了个遍，可依旧听不到什么好消息，只能听到"有可能"，我不需要可能，我需要的是确定。我还去了寺庙，一遍遍祈求，一个老人看到我的模样，静静地把手放在我的肩上，我抬起头看向他的面容，在他的眼神里看到了类似的痛苦。那个瞬间我想起了自己曾看到过类似的眼神，是那天的黎明前，在柳长民的眼睛里看到的，

第七章

那种模糊不清的眼神。

那之后的一天下午,我坐在雨桐的病床边,她刚从昏睡中醒来,她看着我,先是给了我一个微笑,然后跟我说起过往的点点滴滴,后来我说起等她好了,要再去那个海边看看,这时候她突然问我:

"咱俩的存款还剩多少?"

我告诉她,还够的,等她好了,生活就能继续,钱也会慢慢攒起来。

雨桐盯着我的脸看了好一会儿,说:"我现在有了一个家,你和夏天,我真想一直都能看到你们。"

我对雨桐说她一定能一直看到我们,接着掏出手机,给她看我拍的视频,视频里夏天盘成了一个圈,正呼呼大睡。她把手放在我的手上,轻轻地抚摸着,然后她轻声告诉我:

"如果,我是说如果我不在了,你也要继续好好生活,照顾好夏天。还有,记得带我回老家,把我埋在爷爷旁边。"

我说:"没有如果,不会有那个如果,到时候我们一起坐车回你的老家,一起去给爷爷扫墓,一起跟他说说话。"

听完这句话她点了点头,忽然笑了,她的笑容是那么灿烂,我恍惚间觉得一切都会回归正轨,她说:

"我还有好多话想对你说,可又突然没力气了。"

我回答说:"你先睡一会儿,我就在这儿。"

我知道雨桐一定还有许多话要跟我说,可第二天她就发不出任何声音了。我以为我们还有明天,还有很多的明天,可不久后她就被送回重症病房。然后,在一天晚上,我永远地失去了她,我们之间再也没有那句"明天见"。

再也没有。

我带着雨桐回到了她的老家,把她的骨灰埋在了那里。

我在她老家游荡了两天,我不知道自己在想什么,就连那时候去了哪些地方也都不记得了,只记得那里冷冷清清,一片荒芜。两天后,我回到北京,回到那个家,现在我还有最后一个继续住在这里的理由,这里有着雨桐生活过的痕迹,属于她的一切我都没有动过,就跟她离开这个家的时候一模一样,餐桌旁贴着的未来计划和几幅画也都在那儿,就好像只要这些还在,雨桐就还在。只是我没能想到,原来我走在家里的脚步声,是那么刺耳,我发出的任何一点响动,声音都大得出奇,像是钟声一遍遍回响,一遍遍提醒我,这个看起来满满当当的房子,实际上是那么空旷。

时间不会因为任何人停下不走,日历每天都在翻向新的一页,直到那些关于未来的计划,在日历上成了过去。

回到北京后的头一周,姜越每天晚上都会来看我。

我多么想怒吼着告诉他,我的人生没有一点意义,从一开始到现在都毫无意义,可看着他担心的表情,我始终没能说出口。直到一天晚上,我看到他睡在客厅,走过去告诉他:

"明天我会去上班的,你回去睡吧。"

那天晚上姜越依然没有离开,第二天他还是那么不放心,跟着我坐地铁,一起走到公司楼下,又看着我走进大楼。接下来的几天,在我快下班的时候,他总是告诉我,他正好在附近,约我一起吃饭。后来我一次次地告诉他:"我还好,真的还好,工作的时候还能转移注意力,而且我很容易困,到家没多久就能睡着。"

姜越不可置信地看着我,像是我说了什么弥天大谎,但其实我比任何时候都诚实,我也不知道是从什么时候开始的,到家之后我只觉得困,困到没有力气再环顾四周,没有力气再去想任何事。最后我说:"就算为了夏天,我也会努力活着的。"

姜越这才像是稍稍放下了心,说:"有什么事,就第一时间告诉我。"

接下来的一个多月,早上七点不到我就睁开眼,起床洗漱,穿衣服,随着自己的脚步走向地铁站,在地铁里摇摇晃晃,到公司后就像个没事人一样完成手头的工作,照常跟身边的人对接,只是除了工作,我说不出任何话。下班后我又跟随自己的脚步回家,跟所有刚下班的人一样,顶着一张疲惫的脸,低着头毫无生气,到家后我就给夏天换水换粮,跟它玩一会儿,再点一份速度最快的外卖。吃完后我一个人坐在地板上,夏天坐在沙发上,那时候我不再那么容易困了,就好像身体没办法再帮我逃避,困意突然无影无踪。在睡不着的夜晚,我最大的敌人是安静,我会打开电视,开得很大声,但其实我什么也看不进去,我不由自主地一遍遍回望过去,一遍遍问自己,我是不是做错了什么,离开世界的为什么不是我,带走我母亲和雨桐的死到底是什么。想着想着我恍惚间觉得人生也就只能这样,我活着,但不知道还能期待什么。通往未来的道路已经坍塌,跟我并肩同行的人已经消失,眼前的世界是那么陌生，而所有的回忆，所有的努力，在死亡面前都是一场徒劳，都没有意义。

窗外的风声始终很大，像是有人在哭，雨却一滴都没下。月亮冷漠地挂在半空，从窗户边投下阴影，我把手轻轻探了过去，只能看到自己的手臂是多么惨白。那一刻我才恍然明白，月光其实是没有一丝温度的。

第八章

CHAPTER 08

此刻是春天

1.

我们在沉默中前行。

眼前的山路蜿蜒又狭窄,道路两旁是一眼看不到头的树林,枝叶长得正盛,连成一片挡住了头顶的阳光。每过一个弯道,我都得踩着刹车小心翼翼,幸运的是对向没有来车。李春晖也跟着我一起紧盯着前方的道路,导航里的声音不间断地提醒我,前方需要转弯。我沿着这条山路转来转去,越是向前开,心里就越是打鼓,无论我的视线拉得多长,也只能看到曲折的山路一路连绵,时间不知道走过了多久,这时候导航说了句:

"虽然行驶缓慢,但我们始终在前行的路上。"

第八章

我终于忍不住打破沉默,问李春晖:"这山里真的有一个村子吗?"

"我第一次来的时候,也跟你一样,想着真有村子坐落在这样的山里吗,那时候我坐的还是大巴车,一天四班,从下头的镇里通向刘家村,"李春晖说,"等你到了村子之后,就会觉得开过的这条山路是值得的。"

我脑海里浮现出大巴车在这条山路上行驶的画面,正想着,前方的道路突然变得更狭窄,我在转弯的时候必须紧紧地贴着山体。大巴车居然能在这条道路上行驶,我一边感慨一边握紧了方向盘。就这样我们继续前行了半个小时,在我心里差不多要冒出绝望的念头时,一个破损的路牌出现在正前方,上面写着"刘家村",水泥路也到此为止,一块空地出现在前方,地上满是石子,凹凸不平,没有一辆车停在这里。停车前李春晖告诉我,前面的路只能步行,下车前我看到他把纸盒抱在怀里,小心翼翼地不让里面的种子掉出来,直到现在我也想不出盒子里放着的种子最终会派上什么用场。

在下车的一瞬间,我领会了李春晖的话,山下的世界还过着干燥的夏天,这里的温度却像是春天,风轻轻地吹过我的脸庞,带来了空气里的泥土味道,放眼望去,我们正处在山腰。我开了一路的车，现在终于能坚实地踩在土地上，这让我心里生出一点久违的踏实感。

几声鸟叫在我头顶响起，我看到它们从树林中飞了出来，看到它们飞过一片又一片小小的耕地，这些地先是一片荒芜，逐渐生出耕耘的痕迹，最后形成了一片小小的梯田，随着地势缓缓上升。当鸟飞向最高处的时候，我远远地看到了好几户人家。李春晖对我说，我们的目的地就在那里，在身旁的这条小溪的源头，那儿有一个小小的瀑布，还有他今天必须见到的人。这会儿我终于有余力消化李春晖刚刚说的故事，我看着他的面容，不知道为什么看到了一丝柔和，只是我知道他内心的难过压根就没有消失，那丝柔和取代不了眼底的悲伤。这时候我又好奇起来，到底是什么样的人会住在这样的深山里，而李春晖又为什么要来这样的地方。

我们向着目的地走去，我发现漫山遍野的绿中是开得正好的花，开在连绵不断的树林里，我恍惚间觉得树林也像是大海，风吹过就生起波浪，那些花也就成了浪花。李春晖边走边告诉我，如果不开车，从山路走，熟悉的人不到一个小时就能走到山脚，又告诉我，前头有一段路会很难走,让我注意脚下,不要踩进泥里。尽管艰难,他的回忆也随着我们的再次出发,缓慢地继续了下去。我模模糊糊地觉得有一种力量在他心里扎着根,必须通过诉说,才能够生长。

2.

二〇一五年的四月,树枝慢慢长出了新芽,阳光暖和地晒在地上,一天早晨,我到公司后被直接叫进了领导办公室。一个陌生的领导坐在陈俊杰的位置上,先是叹了一口气,又说:"现在大环境不景气。"他面无表情地告诉我,世界变化太快,天翻地覆也就是一瞬间的事,公司要进行业务调整。他接着说:"你的能力我们是认可的,但我们需要更懂移动互联网和社交媒体的年轻人。对了,你请了长假,是我们留着你的职位的,这件事你还记得吧?"我明白了他的意思,奇怪的是我内心没有任何波动,就好像我一直都在等待这个消息。我沉默地点了点头,去洗手间洗了把脸,抬起头时一时间认不出镜子里的人是谁。当天下午,我就收拾好了自己的东西——其实只是两个本子和一台笔记本电脑而已,沉默地走出了办公室。我在这里待了八年,走的时候,没有一个人抬头看我一眼,我知道在退出工作群的一瞬间,我们就会成为陌生人,虽然共事了很多年,我们依然像是在登机口等着登机的人,彼此之间只是短暂地会集在了一起,飞机落地就再无联系。

我回到家的时候,在门口的地垫上没有看到夏天,也听不到它的叫声。我在家里转了好几圈,才发现它躺在衣柜里,衣柜里都是雨桐的衣服,整整齐齐地挂在那里。那时候我自己的衣服被我扔得满地都是,出门的时候随手拿一件就好,到家脱下后也只是随手一扔。我看到夏天伸着舌头,不停地喘着气,地上是它吐的猫粮。我第一时间把它送去了医院,宠物医生检查后告诉我:

"家里的猫粮不能再给它吃了,它消化不好,给它换一种猫粮。还有,这段时间,你每天都要记得给它喂两次消炎药。"

他又问:

"夏天的情况你平时要多注意,怎么这么久没来?"

我没有办法给出任何回答。

到家后我倚着墙坐在地上,夏天歪着身子悄悄走向我,又像是站立不住似的坐在我身边,我摸着它的脑袋,它那双像是大海一样的眼睛认真地看着我。我想起刚才躺在医

第八章

院里的它是那么难受,我不知道它在衣柜里躺了多久,难受了多久。我想起跟雨桐一起给夏天剪趾甲的画面,夏天在我怀里的时候总是不停地蹬我,在雨桐怀里时却一动不动,还会打呼噜。

"夏天跟你长得越来越像了。"她总是会这么对我说。

我最想念的就是这样的画面,想念她说的话,想念她看着我和夏天的眼神,这个从前我每天都能看到的眼神。

那天晚上,我就这么坐在墙边,看着窗户对面的灯一盏接着一盏熄灭,我不知道自己内心是什么情绪,只觉得脚底的木板像是随时都会破裂,我随时都可能掉落下去。我心里不住地想,如果雨桐还在就好了,夏天的情况她一定很早就能发现。我又觉得自己对不起夏天,如果它能遇到一个更好的主人,就不会遭这些罪了,它能吃到最好的猫粮,生病了也能第一时间被发现,能吃到最好的药,未来也一定会过得很好很好,不用跟着我奔波。我看着它蜷缩在那里,正睡着觉,我的眼泪像是窗外终于下起的大雨,怎么也没法停止。

第二天醒过来,我脑子里出现了两个矛盾的念头:一方面我想要把夏天送走，找一个能好好照顾它的新主人，我知道一定会有很多人喜欢夏天，它的眼睛是那么蓝，它又是那么亲近人，在我睡着的时候总是安静地躺在我身边，不吵也不闹；可另一方面我又是那么舍不得夏天，舍不得那双蓝色的眼睛，舍不得那个毛茸茸的白色背影。我一边拜托相熟的医生帮忙找领养，告诉他我会承担夏天治病的所有费用，只希望夏天能去一个更好的家，遇到一个比我更好的主人，一边又模模糊糊地希望没有人会看到它的信息。

　　姜越每天都会给我发信息，我告诉他一切都好，接下来的几天，我开始收拾家。我不知道自己还能在这里住多久，但我知道这里的一切没有办法永远保存下去。我打开衣柜，把所有衣服一件件叠好，放进收纳箱，又把冰箱里的所有东西都清理干净，冰箱里的咖啡已经过期了。接着我坐在那儿，看到手机上宠物医生告诉我，有几个人表示对夏天感兴趣。我看了他们的资料，又跟他们见了几面。在家被我收拾得干干净净的那天中午，我把夏天送去了宠物医院，约好先把夏天寄养在医院，等它病好了就去新家。接着我办了张年卡，医生看着我，我不知道他从我的脸上看出了什么，他只是点了点头。

第八章

送走夏天的那天,我抱着它说了很久的话,在回到家之后,我看着眼前这间空荡荡的房子,脚步带着我走出家门。天还很亮,太阳还有两个小时才会落山,天空晴朗无云,看来是一天晴天。这时候我突然觉得很累,肚子也饿得咕咕直响,可我不想吃任何东西,反倒觉得饥饿感是那么充实,似乎只有它能证实我的存在。走向地铁站的时候,我猛然意识到,自己走向的是公司的方向。我不知道自己为什么还想去那儿,但我决定跟着自己的脚步,走出地铁站之后,我才发觉自己真正要去的地方不是写字楼,而是横亘在写字楼与地铁站之间的那座桥。

站在桥头看到的那条河流是那么不同,河面上漂着塑料瓶和垃圾袋,随着河流翻来滚去,河边还有几个人拿着鱼竿垂钓,我不知道这条河里还有没有鱼。桥上一如往常地热闹,来来往往的车辆络绎不绝,匆忙的脚步也一个又一个路过我的身后。我看向写字楼的方向,忽然觉得人们用钢筋巨兽来形容写字楼真是一点不错,人们在它需要的时候被吞入腹中,又在不被需要的时候成为一个饱嗝。一个外卖员骑着电瓶车从我身后驶过,在路口摔了一跤,车被远远地甩在了前头,我怔怔地看着他跟没事人一样站起来,拍拍身上的尘土,急匆匆地扶起车,赶去自己的目的地。我又把视线拉回到河面,想起雨桐,也想起一个很久前见过的人,不知道柳长民现在过得怎么样。我探出身,想看清桥下另一边的那条小路,我知道我看不到雨桐,我只是想看看柳长民是不是在那儿。

可无论我把脖子伸得多长,也无法看到熟悉的身影。就在这时,一个老人的身影忽然闯进了我的视野里,她也在这座桥上,在我的右前方。实际上那时候我的余光看到的是一辆三轮车,它似乎停留在我的视野边缘一动不动,我不自觉地转过头,看到那个老人正吃力地骑着三轮车,在即将抵达桥梁的顶点的时候,与地心引力僵持在了那里。车斗里放满了绿植,正不停地摇摇晃晃,下一秒一个花盆就掉在了地上。这声脆响让我下意识地走了过去,我扶住车,跟老人一起把三轮车停在了桥梁的正中央。我刚想离开,就听到了老人的声音,比想象中更年轻,语速很快,听着意外地有活力:

"来,你扶着车,我去把花盆捡起来,那些土也得留着,这花回头还能养活。"

我没说话,等老人收拾好地上的残骸,回到车前时,她用我从未听过的热情语调说:"幸亏有你,小伙儿,走,去我家吃顿饭。"

第八章

还没等我做出反应,老人又说:"小伙儿,你是南方人吧?北方菜你吃得惯吗?"

她说话的模样看起来像是非得好好招待我不可,我在脑海中寻找借口,说:

"我公司就在对面,我一会儿就回去了。"

老人却不依不饶,说:"哎哟,天都快黑了,还回哪门子的公司,你就跟我走。我家的鸡蛋,是自家老母鸡下的。西红柿也是我们自己种的,纯天然。我家老头最擅长的就是打卤面和西红柿炒蛋。"

她用力地拉住了我的手,看架势三轮车也不准备骑了,一副我不走她就也不会走的模样,那一刻我只觉得她是一个过分热情的人。接着她又问:"小伙儿,你叫什么?"

我犹豫了一下,还是不情不愿地说出了自己的名字,说完忽然意识到自己已经很久没与人交换过名字了,我的名字像是生了锈。

"春晖,"刘翠青提高了音量,说,"我跟你说,我们家还养了一只鹅,它跟别的鹅不一样,全身的毛都是红色的,红色的大鹅你见过吗?没有吧?"

我摇了摇头,刘翠青见状拉起了我的胳膊,忽然扭头

看了眼桥下的水面,回过头时再次邀请我:

"那你可得见见那只鹅,吃顿饭嘛,也花不了你太多时间,走走走,去我家。"

我看着眼前这个比我矮两个头的老人,她在拉住我的同时,双眼紧紧盯着我,我不知道她为什么要一直看着我,我感觉到她的手握得很紧,我知道自己有力气挣脱,可我或许是真想见见那只鹅,又或许是想到雨桐一定会对这些很感兴趣,所以我转过了身,看着老人花白的头发,走到车后头,默默地扶住了车。

3.

我的脑海里也浮现出一座桥,那座桥也是连通地铁站与写字楼的关键,所以常常堵得水泄不通。我不记得自己在那座桥上走过了多少次,但我记得,有那么几个时刻,我偶然瞥见桥下的河水,会觉得那里有一种莫名的吸引力。那时候,我每天来往于那座桥上,跟着人潮前行,又跟着人潮一同退去,心里偶尔会冒出一个模糊的念头:我一直努力地想成为一个不那么普通的人,我的父母一辈子没有走出过那个县城,他们对我也抱着类似的期待。可我好像

第八章

没有成为什么不普通的人,我只不过换了个地方,一样两点一线,每天在固定的时间起床,穿着同样款式的一套衣服出门,挤地铁到公司,又从公司挤地铁回家,仅此而已。接着,我选择不去想,因为很快就有工作要做。

这一刻我突然觉得,那样的感受不是偶尔才出现的,也并不模糊,它一直都埋在我心底,如影随形,只不过因为工作看似在上升期,眼前的道路还没有走完,于是总有一种莫名的希望,好像我真能在某个时刻,突然变成另一个人似的。接着我想起了远在老家的父母,我不喜欢他们的生活,他们也不喜欢自己的生活,父亲在厂里工作,每天看到的景象、接触到的人都一样,每天说的话都一样,每天讨论的东西都一样。他也常常因为自己的工作在别人的目光里抬不起头来,所以他们觉得我不能再继续这么生活,觉得我必须有一份体面的工作。体面就是要成为教师,成为医生,体面就是要在写字楼里,体面就是他们觉得了不起的工作,体面就是别人也会觉得不错的工作。我不知道自己在北京未来是否能够过成父母想要的样子,或许我根本就没有他们想象中那么厉害,或许我与他们也没有什么不同。

"小心!"我突然听到了李春晖的声音,才发觉自己差点就踩进了小溪。

"我第一次来这里的时候,也跟你一样,差点踩进去。"他接着说。

我不想让他察觉到内心的情绪,于是问:"所以你真的见到了那只鹅吗?浑身红色的鹅。"

李春晖没有直接回答,而是看向了前方的那几户人家,我以为我们走了很远的路,但小屋依然在视线的前方,看起来只是稍稍近了些,看样子终点离我们还有很远的距离。有些路就是这样,看着很近,可实际走起来却比看起来远得多。李春晖说:"过一会儿你就知道了。"

我忽然想起刚才看到的写着"刘家村"的路牌,问:"我们是要去见刘翠青吗?"

李春晖点了点头,接着说起那天的后续。

4.

那天傍晚,我跟在刘翠青的三轮车后,一路走过那座办公大楼,又拐过两个红绿灯路口。宽敞的大路不见了,眼前出现的是一个岔路口。我跟雨桐也曾走过这条小路,那时候我们总是在前面的路口右转,去那家餐馆。现在我

第八章

们走的是另一条路,走过一条狭窄的胡同后,我们又在尽头转了两个弯,眼前出现了一条热闹的街道。街道两边是各种各样的招牌,这会儿刚亮起灯,一眼看过去是各式各样的红。招牌跟招牌挤在一块儿,我看到"中国移动"的招牌下头藏着一个理发店的招牌,又看到"五金店"的招牌下头藏着一个包子铺的招牌。街道上停满了电瓶车,路边坐着许多老人,我看到左手边有一群人围成一圈,都屏住了呼吸,围观象棋棋局。

阳光这时候温柔地打在这条街道上,所有的一切都蒙上了一层金黄色的雾。看到这景象我心里却有些难过,那个冬天居然就这么不知不觉过去了,北京的雪景也消失了。我抬起头望向前方,看到电线杆歪歪斜斜,头顶的电线也缠在一块儿,二楼的窗边晾满了衣服、床单和被子。有人正用力地拍打着被子,发出"砰砰砰"的声响。空气里有一种什么东西烧煳了的气味。

"我们是从山里搬过来的,搬来也没多久,"刘翠青边走边说,"房子是女儿留给我们的。"说着她从衣服口袋里掏出一张老旧的公交卡,从后头抽出一张照片,是一张一家五口的合照。

"这是我女儿、女婿和外孙女,他们现在都在美国,这个是我老伴,一会儿你就能见到他,"她说,"我女儿跟我长得很像吧?"

其实我看不出来,但听着老人自豪的语气,还是说:"很像,尤其是眼睛,一模一样。"

刘翠青高兴地收回照片,说:"车上的花花草草,是给我家老头带的。他平日里不舍得穿不舍得吃,就喜欢养养花,把它们当宝贝。所以你瞧瞧,我是不是得好好感谢你。"

我正想着如果是这样,为什么她老伴没有跟着一起来,就听到刘翠青冲着前头喊了一句:

"哎哟,不是都说了让你在家里待着别动吗?"说完向着前方小跑了几步。

我看到一个老人站在路口的阳光里,身板挺得很直,回道:

"我是想着你怎么还没有回来。"

刘翠青笑着问:"是真等我,还是跑到旁边看人下棋去了?"

"真等你,"老人着急地解释,"下棋那儿人那么多,我哪儿挤得进去。"

"好好好,你没去,你没去,我在路上遇到了一个人挺不错的小伙儿。"说完她回头介绍我,老人面无表情地冲我点了点头,接着刘翠青把三轮车停在路边,我跟着她抱起盆栽走进屋里。跟屋外所看到的景象不同,外边的墙壁灰泥斑斑,屋子里的东西却很新,玄关正对着的墙上还挂着一幅油画。那是一幅随处可见的油画,随后我又看到所有家具都像是没怎么用过,几个家用设备的快递盒都没有拆,看起来就像是一直放在那里,没有被移动过。我走到屋后,看到不大的院子里放着一盆又一盆花,放下盆栽后,我闻到了洋葱的味道,看到厨房里整齐地放着西红柿、鸡蛋和苹果。刘翠青招呼着我在沙发上坐下,把电视打开,这时候她的老伴王福生切好了苹果,没说话,把苹果放在我的身前,我站起身茫然地说了句"谢谢",想着是不是该去厨房帮忙。

"哎哟,你就坐着别动!哪儿有让客人帮忙的。"刘翠青边说边把我按下。

黄昏的余晖照进这间小屋,餐桌边有两把椅子,还有三把椅子整齐地摆在墙边。电视正在播《甄嬛传》,我一直没体会到它到底有什么好看的,但还是跟雨桐看完了全集,有时候雨桐会看着电视睡着,我就坐在她旁边,等她醒过来，再把电视关上。她记得每个情节，台词说了上句她就能接下句。现在看到电视里放到熟悉的情节，我忽然发觉自己也记得，记得"往事暗沉不可追"的后半句是什么，我默默念叨着那句"来日之路光明灿烂"，却没有人跟我异口同声。这时候两个老人做好了饭菜，我从墙边搬了把椅子，椅子很新，坐垫上的保护膜都没有撕开。他们把饭菜一一摆好，西红柿炒鸡蛋、地三鲜、打卤面、酸菜汤，甚至还做了鱼。刘翠青把碗"哐当"一声放在我面前，说：

"你看看，你来吃饭，我们还能多做几个菜。"

还没等我说话，她递给我一双筷子，看着我，说：

"愣着干啥？快吃呀，肯定合你的口味。"

我原本没有什么胃口，这时候却突然想吃饭了，我夹了一口西红柿炒鸡蛋，咸淡刚刚好，简单的一道菜好吃得出奇。刘翠青又给我盛了一碗汤，我刚喝一口，胃立刻就暖了起来，我忽然觉得有些陌生：原来这就是热汤的味道。

我刚放下碗，刘翠青就猛地站起身，掏出手机递给我，喜滋滋地说："你知道微信怎么拍照吗？这么一桌子菜，拍张照片给我女儿发过去，记得把我们也拍进去。"

第八章

我接过手机,却看到微信的聊天框里,刘翠青在前不久发过去了一张照片,是老两口跟院里的花的合照,两个人都笑得很开心。我把手机递回去的时候,刚想说些什么,刘翠青又说:"智能手机还是你们年轻人用得惯,你以后可得常来帮我瞅瞅。"

我茫然地点了点头,吃饭时刘翠青不停地催促我多吃一点,又像是害怕沉默会让空气凝滞似的,不停说着话,话题天南海北,想到哪里就说到哪里,我那时候听不进去什么,心不在焉地听着,有一搭没一搭地回一两句话。吃完饭后我们一起收拾好碗筷,我正想着该怎么跟他们告别,王福生慢悠悠地走到我跟前,跟刘翠青比起来,他的动作要迟缓许多。他手里拿着象棋棋盘,问我会不会下棋,我说只知道马走日象走田,王福生点了点头,不由分说地把棋盘摊开,摆起棋子。

"你别看他现在动作慢,"刘翠青站在一旁说,"他年轻的时候,下起象棋来,那是又快又好,周围没人下得过他,后来还进了棋院。如果不是那些年因为一些事给耽误了,搞不好现在全国第一的象棋手就是他。"

王福生开口说了句:"别听她的,在棋院里我就没赢过几回。"说着发起了攻势。

刘翠青乐呵呵地说:"那你不还是放不下象棋?难得家里来个客人,你还拉着人下棋。"

话音刚落,我丢了一个车。

那天晚上,每当我准备要走的时候,王福生总是拉着我再下一盘,我看到他的表情是那么专注,于是也就继续下了几盘。等到了晚上九点,刘翠青勒令王福生去休息,又跟我约下次下棋的时间,我说过两天,王福生插了句是哪一天,就好像必须知道一个确切的日子才会放心。那时候不知道为什么,我下意识地回答说就后天,王福生这才挥挥手让我离开。刘翠青一路送我到路口,说:

"我家老头很久没有下棋下得这么开心了。"

我看着她说话时的眼神,觉得那眼神里的东西特别熟悉。

日子又走过两天,宠物医生发来微信,说本来想养夏天的那个人突然变了卦。我第一时间赶到医院,看着夏天,对它说:

"人家不喜欢你,不是因为你不好,你很好。"

医生说:

第八章

"如果可以,还是你养着它最好,别让它再换环境了。"

我看着被关在笼子里的夏天,告诉医生我先把它接回家。在走到家门口的时候,我忽然觉得一切都是我的错,都是因为我的犹豫,它才在那个笼子里多住了两天。它冲着我"喵"了一声,翘着尾巴走进了家门,很快就回到了最熟悉的沙发上睡了起来。

我坐在地板上跟夏天说着话,突然想起了跟王福生约好下棋。我们总是习惯性地跟别人约好下次见,约好过两天见,过两天一起吃饭,但其实我们都知道,过两天就是过阵子,过阵子就是到时候再说,到时候就是没那个时候。生活就是这样,没有太多人把"下次见"这三个字看得多重要,也没有太多人把类似寒暄的约定放在心上。可我越是对自己这么说,就越是能清晰地想起刘翠青的表情。我犹犹豫豫地出了门,走到他们家门口,意外地发现刘翠青正在备菜,她也看到了我,探出头跟我挥手打招呼,大声说:"来啦,我们正等着你呢。"

那瞬间我无地自容,站在门口不知道应该怎么迈出第一步,还是刘翠青走到门口拉着我走了进去。几盘棋下完,刘翠青突然坐到我身旁,一反常态地沉默了会儿,才说:

"那天你为什么在桥上站着,还站了那么久?"

我大脑瞬间一片空白,低下头后又听到她说:"我在去花鸟市场的路上就看到你了,回来的时候看到你还在那儿,这么一分神,嗐,差点没骑过那个坡。你别看咱俩是这么遇见的,我平日里一口气,轻轻松松就能骑上去。现在想想,还好那花掉下来了,也还好你是个挺热心的小伙儿。你一回头我就知道你不太好,头发很久没理,胡子拉碴,衣服也皱皱巴巴的,一看你就好多天都没好好吃饭了。你要真是在旁边上班,也不会搞成这样。"

再抬起头的时候,我发觉王福生也看着我,只是什么话都没有说,我也不知道应该说什么。这时候还是刘翠青打破了沉默,她像是为了转移话题,也像是突然想起了什么似的,问:"你叫春晖,春天出生的?"

我点了点头,她又问:"生日是哪一天?"

我愣了一下,想了想,还是如实回答:"四月二十三号。"

刘翠青听完站了起来,拍着大腿惊呼了一声:"那不就是明天?"

我沉默地点了点头,我不知道是从什么时候开始,时间的流逝逐渐变得毫无意义,无论白天还是黑夜,都一样是一片漆黑。我想我生命里所有值得纪念的日子，所有值得纪念的瞬间，都是雨桐的功劳。想到这里我忽然觉得很内疚，雨桐在另一个世界，我却在这个世界悠闲地下着棋。这时候我听到厨房里传来做饭的声音，没多久刘翠青端着一碗长寿面走了出来，看着熟悉的长寿面，我坐了很久，才意识到眼前的世界起了雾。两个老人坐在我正对面，刘翠青笑着对我说：

"巧了吗这不是，家里刚好有面。也不知道你明天来不来，今儿就先做一碗。"

我抬起头看着眼前的老人，刘翠青眼神里的柔软使我不知不觉开了口。我意识到自己需要跟人说起雨桐，我意识到自己是那么害怕在不知不觉中忘了那些回忆，忘了她的声音、她头发的气味和她的笑容。我艰难地说起了一切，说起了雨桐，说起了那个冬天，说起我现在没有工作，说起我连她最爱的小猫都没法照顾好。我说我是个没用的人，那天站在桥上的时候，我没有真的想要做什么，我没有很想死，只是不知道该怎么活。我最后告诉他们，我什么都做不到，也什么都留不住，我的生活没有任何意义，我配不上我所拥有过的所有回忆。

在说完的一瞬间，我很是不知所措，不明白自己为什么说了这么多。

或许这就是那天我下意识地说出今天要来的理由，这就是我今天会走出家门的理由，或许我比自己想象的更需要说出那些话，或许这就像是在某些特定的时刻里，那些偶然出现的善意，最容易让我们大哭一场。

"在象棋里，卒也能吃掉对面的帅。"王福生突然说。

我不知道他为什么突然说这句话。

"所以没有什么是没有意义的。"他边摆棋子边说。这之后还是刘翠青告诉我，他们之所以会搬来这里，不是因为有多喜欢这儿，如果能选，他们想回到刘家村。他们之所以会住在这里，是因为这里离医院更近，他不用来回四个多小时去医院看病。

说话间王福生缓缓地站了起来，像是自言自语似的，说他年轻那会儿听棋院里的老人家常念叨一句话，意思是让他向前看，要记得自己失去的，但不要只记得自己失去的。他那时候听完似懂非懂，但一直特别喜欢，我听完前半句就知道了，那句话我也读到过，在我再也没有翻阅过的书里：

每晚睡去就是一场死亡，每天醒来就是一场新生。

第八章

"别愣着了,这面再不吃,一会儿可就坨了。"刘翠青说完站起身,轻盈地走向正朝着院子缓缓走去的王福生,接着我听到了两句音调截然不同的"生日快乐"。

我走出那条小巷的时候已经接近黄昏。这时候天色变了,我看不到夕阳,远方的天空阴云密布,正铺天盖地地向桥边袭来。我在桥边站了会儿,看着桥下的河水,脑海里只能想到夏天还在家,想到它也会注意到天上的乌云,它一直都很害怕打雷。就在我走出电梯的时候,我意外地看到了姜越,他的表情很紧张,在看到我的瞬间才放松下来。我问:

"你怎么来了?"

姜越先是握住了我的胳膊,然后握住我的肩,仔仔细细地看着我的脸,确认我没事之后,才说:

"昨天我就来找过你,看到你家灯亮着,你跟我说过,想一个人静静,你会好好生活,因为要照顾好夏天。所以我就没上来找你。今天醒过来,不知道怎么我觉得心慌,就去你公司楼下等着。"

说到这里他看着我,问:"你没了工作,为什么还跟我说一切都好?"

我不知道应该说什么,这时候他又说:"你告诉我,我至少能够帮你过渡到下一份工作。"

我深吸了一口气,说:"就算是朋友,我也不能继续麻烦你,你已经做了很多。"

"就因为是朋友,所以才可以互相麻烦,我将来肯定也会遇到什么事的,到时候也会麻烦你。我再说一遍,就因为是朋友,所以才可以互相麻烦,就因为可以互相麻烦,所以才能是朋友。"

现在回想起来,我之所以能度过那个四月,是因为友情和偶然遇到的善意。那天我们坐在沙发上,我把这些天的事说给姜越听,姜越听完告诉我:

"我知道生活不会一下子好起来,所以我不准备说什么长篇大论,也没有什么哲理可以告诉你。只想说一句,有什么事,在做决定前,想一想我,你很重要,对我来说很重要。要是没有你总是鼓励我,觉得我真能做到,我那时候也不会有勇气踏出旅行的第一步,后来也不会有勇气去开那家书店。"

那天的后来,我们什么话也没说,我打开了电视,随便找了几个节目。姜越整夜都陪着我,直到最后我们的眼皮再也撑不住,睡了过去。快天亮的时候我醒了一次,看到夏天安静地躺在沙发上,它还没有睡着,瞪圆了双眼看着我，我走过去把它抱在怀里，又看到姜越就坐在餐桌旁的椅子上，打着瞌睡。他抬起头之后问我："几点了？"

我说："到你该回去的点了。"

然后我打开手机，告诉他："我告诉医生我会一直养着夏天的，你看，所以我会活着的。"

姜越接着对我说了很久的话，天边显出鱼肚白时，他说："春晖，生日快乐。"

姜越走后，我一直都没有睡着，我关掉了电视，忽然听到了窗外的鸟叫声。我打开窗户，春天的风挤了进来，我闭了会儿眼睛，又拿出手机，给雨桐发了一条信息，我告诉她，有三个人祝我生日快乐，姜越她认识，王福生和刘翠青是我前些天偶然遇到的。我喃喃地说：

"你肯定会喜欢他们的。"

第九章

CHAPTER 09

此刻是春天

1.

　　成群结队的小鸟从我的头顶飞过，它们排成个"人"字形，领头的那只小鸟的嘴里还衔着一根树枝，眨眼消失在我视野的前方。我看到那些屋子就在不远处了，几缕白烟正缓缓地飘向天空，溪流变得越来越宽，一条支流汇聚成了一个小小的池塘，水面游着几只鸭子。忽然一阵风吹过，树丛顺着风起伏，发出的声响惊动了路边几只正在呼呼大睡的小猫。我心想今天真是见到了不少小猫，又看到李春晖蹲了下来，轻轻把猫粮放在地上，它们一点都不怕人，跑到了我们脚边，专注地吃着猫粮。

　　"这些猫都是村里人养的，也算是散养的，"他这么告诉我，"这地方最需要的就是这些小猫。"

第九章

我点了点头。

他呼唤着猫咪的名字,我听到了一声又一声"夏天",这时候他又回头告诉我:

"这里的猫其实有各自的名字,但我喜欢把它们都当作夏天。"

接着他又说:"你看,外头的所有猫,我们都喜欢把它们叫作'咪咪',一样的。"

不知道为什么,我觉得他的解释有些苍白,还没来得及表示什么,就看到他冲我笑了笑,又把猫粮递给我,说:

"你要不要也试试?"

我学着李春晖的样子,把猫粮轻轻地放在路边,在一只小猫靠近的时候,我小心翼翼地伸出手,用手摸了摸它身上的毛。在那个瞬间,滑过指尖的是一种柔软又温暖的触感,就像是在冬天里钻回了温暖的被窝,这是我第一次有这样的感受。它没有对我做出任何反应,自顾自地吃着脚边的猫粮。我看着它,又看了看另外几只慵懒的小猫,它们躺在摇摇晃晃的树影里,像是躺在海浪里,忽然意识到自己不再那么害怕了,我不得不承认,有小猫在身边,这种感觉似乎还不错。

我看向李春晖,他正看着我,接着他坐在了路边,我犹豫了一下,掸了掸灰,也坐了下来。很久以后我才意识到,李春晖之所以没有一鼓作气地走向那间小屋,不仅仅是因为故事没有说完,也不仅仅是因为在路边遇到了小猫,我想没有人比他更想要快一点见到想见的人,只是那时候的他需要在路边坐一下,他的身体已经没法支撑他坐很久的车,也没法支撑他一下子走完眼前的这条山路了。

2.

我慢慢地认识了院子里的每一朵花。

王福生算好了时间和季节,无论四季怎么变换,一朵花的凋谢,都是另一朵花的盛开,于是不大的院子里,总有一朵花盛放着。王福生会在每一朵花盛开的时候,第一时间叫来刘翠青,刘翠青其实就站在他身边,但他还是会这么说:

"翠青,你快来看,今年的花又开啦,你看它们,开得真好啊。"

那些日子,只要我出现,刘翠青都会让我给他们俩在院子里拍张合照,让我记得把花都给拍进去。那时候我怎么也看不出王福生是个患病的老人,他的动作很慢,可身上还有着旺盛的生命力,他比我还高一个头,背总是挺得很直,又对网络上的一切充满了好奇,那时候他学会了用微信打视频电话,有一次我看到他打给了女儿,他说:

"家里一切都好,你们在外头也好好的。"

刘翠青告诉我,王福生看着总是板着个脸,话不多,其实他的话都留给熟悉的人了,等跟他熟悉之后,小老头的话比谁都多,有时候还能说出特有道理的话,肚子里还真有点墨水。

后来在下棋的间隙,王福生的话真的一点点多了起来,也会向我说起从前住在村子里的日子,他毫不避讳地说:

"我那时候家里穷,是入赘到刘家村的。我爹一直都没过心里那道坎,临死还跟我说,他最后悔的事就是没能坚持让他孙女改姓王,他愧对长辈,没脸去地下。我是觉得孩子跟谁姓都一样,跟谁姓都是我的孩子,都有脸去地下。村里也不是没有说闲话的,我想回嘴,后来遇到了街头坐着的读书人,大家都笑话他读了一肚子书,到头来什么都没做成,跟个老秀才似的,每天都说着文绉绉的话,穿得也奇奇怪怪。但我挺喜欢他,觉得他说的话有意思,有一天他告诉我:'古书里写:是非终日有,不听自然无。你日子过得好不好,不是别人嘴上说着就能决定的。'我想想也是。以前穷,我就靠卖菜生活,挑着扁担来回走俩小时的山路,去镇上的大集。翠青心疼我,总是跟我一起去,自己肩上也挑着扁担,还担心我的太沉。我算是运气好,通过'老秀才',阴错阳差地学会了下棋,后来棋院里的老人也总跟我说往事。老人的往事总是很长,我学会了不少东西。之后,村里人反倒不再说什么闲话了。"

他还说:

"现在想想,还是住在村子里好,在那里种菜、种花、种树才有感觉,双手沾满泥土才真叫种花种菜,现在这一个个小花盆,根本施展不开。"

刘翠青说:"我知道你是想回去住,但那里太远了,我们经不起折腾。"

王福生说:"都是因为当年村主任贪污,不然咱们村也不会慢慢没落,村里通往山下的近路也早就修好了。"说完又看着刘翠青,语气软了下来,说:"你别担心,我还能活很久呢,每朵花开的时候,我都会叫你一起看。"

日子走到二〇一七年,我跟他们也相识了两年。那年的秋天格外寒冷，冷空气一阵接着一阵，风每刮起一次，我就想着去看看他们。那天我们先是聊了几句，刘翠青问我："最近工作怎么样？"我告诉她："去年找到的工作被人顶了，最近才找到一份在超市的工作，没什么好提的，累是累了点，心里也着急，但想想这年头能有份工作就很好了，就这样吧。"

刘翠青听完看着我，说："怎么就没什么好提的了？你靠自己的双手活着，还把夏天养得很好，这多厉害啊。"

这时候王福生摆好棋盘，让我抓紧坐下，又像是想起什么似的，对我说：

"人生的终点都是一样的，好不容易来一趟，好好看看这世界就很好。"

我看着他们，觉得他们俩都很像是参天大树，而我是在树荫里短暂休息的人。他们试着让我体会某种类似于生活智慧的东西，但那些道理我有时觉得自己能明白，有时想想又都不明白。他们的话没法使我真正豁然开朗，但因为树荫的存在，我总是能短暂地恢复体力。

这之后我们下了两盘棋，刘翠青去厨房准备晚上的饭菜，王福生一反常态没到厨房帮忙，而是带着我慢慢地走到院里修剪花枝，他看着花看了好一会儿，突然说起跟刘翠青的相遇：

"我跟你翠青姨第一次见面的时候，我十六岁，在刘家村里迷了路，那时候是八月，中午的太阳是真晒，我走了很远的路，又累又渴。后来遇到了翠青，她告诉我，我走错了山，找错了村子，然后给了我一碗水。"

说着他伸出手指，边比画数字边说：

"五十年，到现在已经五十年了。"

接着他沉默了一会儿，才对我说：

"春晖，有件事，到时候你得帮我个忙。"

"行啊，"我说，"什么事？"

听我这么说后，王福生点了点头，说："到时候你就知道了。"

说完他就走进了厨房，我跟着他慢慢地走到刘翠青身边，两人一如往常地准备起晚饭，也一如往常地把我赶出厨房。吃完饭，王福生又拉着我下起象棋，最后一局他下错了一步，差点就被我打成平局。"不错，不错，进步很大。"他边点头边这么说。我看着眼前的王福生，他的模样还是跟前些日子一样，但是他在下最后几步棋的时候，差点没能握住棋子，我赶忙低下头盯着棋盘，最终他把棋子落在了准确的位置上。太阳不知不觉落了山，我站起身跟

第九章

他们告别,这一次王福生坚持要和刘翠青一起一路送我走到胡同口,我也跟他约定好下次下棋的时间。

我走远之后回头看了一眼,看到他们互相搀扶着,一步步走得很慢,路灯下两人的影子也跟着一起摇摇晃晃。

那盘棋我们最终没能下成,最后一次见到他的时候,他已经躺在了医院里。听到刘翠青在电话里告诉我的消息,我立刻请了半天的假,老板看起来很不情愿,可我有非走不可的理由。那天是周四,医院门口的路被堵得水泄不通,门口的安检处排着队,挤满了看病的人。走进医院,空气里弥漫着一股刺鼻的味道,这里的空气并不流通,人们的疲惫和痛苦都滞留在这里,与消毒药水的味道混在一起。我又想起上次来医院的情形,突然觉得头很疼,过去的画面浮现在眼前,耳边又响起嗡嗡的声音,扎进了我的脑海里。我永远无法习惯医院的氛围,但我还有要去的地方。我路过匆匆忙忙的人群,走向医院五楼的病房。

刘翠青一眼就看到了我,挤出笑容跟我打招呼,说:"你来啦。"这时候王福生也看到了我,抬起一只手想要跟我打招呼,可那时候他的手已经没有力气再抬高了。我站到他病床边的时候，看到他干瘦的手臂上有许多吊针留下的痕迹，处处是乌青。他冲我点了点头，努力想要坐起身，我连忙升起病床，看着眼前的王福生，觉得他就像是一只刚出生的小猫，是那么脆弱。我问：

"感觉怎么样？"

只不过几天过去，他的声音就变得很苍老，他说："病来如山倒，我现在是连独立上厕所都做不到了，今天咱俩要是下棋，我可就要输给你了。"我看着他的表情，知道他是想要缓和气氛，可他越是这么说，我越是觉得难过。疾病不仅能带走一个人的健康，也能带走一个人的尊严。这时候他又说："翠青就是藏不住事，你今天请假来的吧？"

我摇摇头告诉他："如果我今天没能来，才是会后悔一辈子的事情。"

不大的病房里还住着两个病人，他们只是静静地躺在那儿，谁也没有说话。这时候刘翠青给我倒了杯水，又拿着剥好的橘子走了过来，递给我，接着默默坐在王福生旁边，说："你福生叔知道你要来，还说要坐着等你，不能躺着见你，他原本还想剃个胡子的。"

我抿着嘴点了点头，看到刘翠青是那么憔悴，脸上像

第九章

是凹陷了一块，身上也像是只剩下了骨头，随时都要散架，说话的时候声音很疲惫，眼神发愣，虽然是在看着我，却像是穿过了我的身体，看着不存在的某个焦点。我想起第一次遇见她的时候，她的声音听起来是那么活泼，无论走路还是做饭，她都很利索，活力能感染到身边的每一个人。我一时间分不清两人到底谁更虚弱，就在一周多前，两个人都还能下厨，能跟我说很多话，能跟我一起吃饭，现在却都判若两人。我的心不断下沉，脑海里浮现出雨桐最后的模样，我靠在窗边，拼命调整自己的呼吸，不想让自己表现出悲伤，可还是喘不过气来。

我只觉得正在被一种无力感吞噬。

王福生看着窗外，说："不知道院里的秋菊开得好不好。"

"它们很好，每一朵花都很好，"刘翠青边说边拿出手机，说，"你看，我昨儿拍的视频，手机我可比你会用。"

"这一次你比我先看到了。"王福生扬起嘴角，脸上是一个发自内心的笑容。然后他看向我，说："这两天我都没办法看手机。最近外面的世界怎么样了，你跟我说说。"

我说这两天没有什么新鲜事，外面的世界还是那样，但王福生想听我多说一点，我就打开手机看起新闻，随后我忽然意识到，他最想知道的是地球的另一边有没有什么新闻,即使能听到的事都远在天边,但只要听到熟悉的城市名,就仿佛听到了女儿的消息。不一会儿刘翠青轻轻给他拉了拉被子,我才发现王福生睡了过去。

"他最近总是这样,说不了几句话就会昏睡过去,一直都半梦半醒的。"

她停顿了会儿,又说:"女儿过两天就会回来。"

我心想,为什么她要过两天才能回来,为什么现在没有回来,可我只是点了点头。

这时候旁边病床来了访客,看着像是病人的女儿和孙子,他们带着水果,分给我们两个。我看到女儿坐在病床边,关切地跟自己的父亲说着话,他还能咽下苹果,王福生却咽不下任何东西了,听刘翠青这么说的时候,我没敢抬头看刘翠青的眼神。阳光从窗边照了进来,我看着窗外的树枝,上面已经不剩几片树叶,只有远方的银杏正是一片金黄。没多久医生来查房,我在旁边听了会儿,觉得每句话都是那么平常,却又那么刺耳,我也曾听过类似的话,直到今天依然像一根针扎在我心里。我看向王福生,只觉得天旋地转,这时候我突然感觉到有人拍了拍我的手,扭头一看是刘翠青,她说:"出去呼吸一下新鲜空气吧。"我看向她,看到了她脸上挤出的笑容,忽然鼻子很酸,明明应该是我说些什么的。

我在病房门口的座位上坐了会儿,看着眼前人来人往,听着周围的声音,觉得眼前的景象怎么也无法让人理解。等我回到病房的时候,王福生已经醒了,他一看到我,就对刘翠青说:

"你去给我买点糖吧,不知道为什么,突然很想吃点甜的。"

我一愣,接着说:"那我去买。"

刘翠青却拉住了我,说:"你不知道他最喜欢吃什么。"

王福生一直看着刘翠青的背影消失在门口,才缓缓回过头对我说:

"前两天你翠青姨告诉我,她路过产科,看到那里有个孩子刚出生,孩子的家人正因为开心流眼泪。我们都跟医院很熟了,医院里就是这样,有许多哭声,但也有人是因为好消息流泪的。想想就觉得奇妙,人这一辈子,生老病死,似乎都绕不开医院。我们在这里出生,又回到这里告别。生生死死啊,就是这样,连接在一起。"

然后他把手轻轻搭在我手上,说:"你怎么样?这两天有遇到什么开心的事情吗?"

我一时间不知道应该说什么,这些天我没有去什么特别的地方,也没有做什么特别的事,最后我脑海里浮现出的是前阵子发生的一件小事:

"夏天的时候,我又去了之前跟雨桐常去的餐馆,也就是我前阵子跟你提到过的餐馆。老板跟我已经很熟悉了,他还多送了我一个茶叶蛋。那天,他闺女就坐在柜台前边的座位上画画,她说特别喜欢我,画了彩虹给我看。等我走出餐馆的时候,真的看到了一道彩虹,我拉着那个小朋友出门看彩虹,告诉她,她画里的彩虹跟真的一模一样。"

那天我真的见到了彩虹,那道彩虹真的和她笔下的一模一样。

"老板人真的很不错,"我接着说,"你们肯定投缘。"

"我记得你提起过,可惜我不能出门走太远,"王福生说,又摇了摇头,说,"不过那家餐馆做的菜,肯定没有翠青做的好吃。"

"那当然了。"我的声音出乎意料地干涩,我不敢直视王福生的眼神,假装不经意看向窗外。这时王福生忽然说起他年轻的时候,听村里的"老秀才"说过一段话,直到今天他仍记得:"那时候我想知道他为什么看起来还能挺快乐,他告诉我,有段时间他也没法理解,不知道世界怎么突然就天翻地覆了,但后来又看到了很多人很多事,慢慢发现,生活就是这样,没人能真正理解,只能感受,最后接受。想做好的事做不好,想留住的时间留不住,受到的伤害从没真正过去,只要想到就是一阵疼,只不过从钻心地疼,变成了隐隐作痛。所以他也不是每天都乐呵呵的。

"但他最后说,人活着,就会遇到难过的事,但就像开心一样,开心不会是永远的,难过也是。遇到难过的事情就哭,遇到开心的事情就笑,不好的时候,就多想想好的时候。饭一口一口吃,日子一天天过,生活就是这么一点点过下去的。"

我静静听着,明白了他的用意,认真地点了点头。

"前几天,我跟你说,有个忙你得帮我,现在差不多是时候了。"王福生接着说,说完他示意有东西藏在他的枕头后头,我轻轻抬起枕头,发现里面是一封信和一沓明信片,我数了一下,明信片总共有三十四张。他让我把信打开,我看到上面的话,鼻子一酸,眼泪就流了下来。那封信上的话很简短,我看着上面的笔迹,一笔一画工工整整,写得很认真，字迹也很有力。

"本来是想让你看看，你读的书比我多，我想着说不定还能一起改一改，我有许许多多的事情能说给你听，不过这两天我躺在病床上想了又想，觉得这样就很好。"

我告诉王福生，那是我读过的最好的一封信，读过的最好的文字。我的回答没有半点假话，如果你能看到那封信，你一定会跟我有一样的想法，我们读过的书越多，我们读到的故事越多，就越会明白：

爱这件事，只需要白描，不需要修饰。

王福生的脸上是类似于幸福的笑容，他看了会儿窗外，回过头的时候说："你能这么说，我就更放心了。所以现在需要你帮的是另一个忙，想想身边人都是我这把年纪，也只有你最合适。这一路上我能做的都做了，想做的也都尝试了，也没那么怕死了。我病了很久，慢慢地，死也就跟老朋友没什么两样了。只是……"

说到这里，王福生停顿了很久，我抬头看着王福生，王福生也看着我，再开口时他的声音突然变得有些沙哑，语调也变得很慢：

"我离开以后，翠青一定会搬回刘家村的，到时候你多去看看她。她总说我不喜欢这里，其实她也一样不喜欢，要不是因为我,她才不愿意待在这儿。翠青也喜欢花,跟我一样喜欢,以前每次花开的时候,我都会叫上她一起看。我答应过她,每一年都要给她种上一粒新的种子,让院子里开一朵新的花。这件事就交给你了。还有,那些明信片,我也交给你了。"

我握紧王福生的手,缓慢又郑重地点了点头。

"我知道你不会忘的。"王福生说着又给了我一个笑容。后来我回忆起那天的景象,总会首先想起王福生的笑容,我最后离开病房的时候,他也是笑着和我告别的,他明明不是一个爱笑的人。

下午三点,刘翠青回到病房,我知道剩下的时间应该让他们单独相处。我告诉他们我还有事,明天我一定会再来看他。在我转身离开前,王福生笑着说:"春晖,象棋的棋子就那么多,每个棋子的走法都是固定的,棋盘也就只有那么大,但它们组合在一起,就是精彩的棋局了。我这一生,下了一盘很好的棋。"

我走出医院之后,差点和一辆车迎头撞上,这时候我才重新听到了喇叭声、车辆行驶在马路上的声响,还有人们说话的声音。我在原地站了很久,才总算是稍稍适应了医院外的世界。回到家的时候,我给夏天拍了张照片,抱着它说了很久的话。

3.

"那是我最后一次跟王福生说话,"李春晖说,"第二天凌晨,他睡着了,没有再醒来。"

这会儿我们已经站起了身,就要走到目的地了,我的大脑一片混乱,从前我只在新闻或者短视频里才能接触到死亡的故事。我心里知道它随时随地都在发生,也知道一个人在任何年纪都可能死去,可我始终觉得那些离我很遥远,那些属于另外的世界。我突然明白在听到李春晖说起最初的故事时,我心里生出的那种讨厌的晦气感从何而来了。

在我的成长过程中,父母一向避讳谈及死亡,小时候我不是没有参加过葬礼,可母亲总是告诫我,不要离棺材太近,有时候同学家里出了什么事之后,我的母亲也会这

第九章

么告诫我:

"这两天你上课的时候,离他远一点,不是不让你们继续当朋友,也就是这两天需要注意,别沾惹上什么晦气。"

死亡是一件会让活人沾上晦气的事,就好像死亡会传染,幼小的我难免这么想。于是我没能及时安慰失去亲人的朋友;于是在失去亲人的时候,我也不知道该怎么安慰自己;于是我一直认为,只要我不去思考死亡,死亡就是一件很遥远的事,我就不会被传染到,那么在很长的一段时间内,我所拥有的时间都是无穷无尽的。因为从未想过死,从未想过死是一件离我很近的事,所以我一直心安理得地浪费时间,认为自己总有时间,认为真正重要的永远是明天,直到我听到了李春晖的故事。

我又忍不住想到那个在死亡面前也困扰着李春晖的问题。我忽然意识到一个人根本不可能回避这个问题,我们只是假装它不存在:

如果我们没能成为自己想成为的人,如果在时间面前我们总是有那么一些来不及,那么生活的意义到底是什么呢?

这时候我听到了"汪汪"的叫声,眼前的画面才回到现实,一只浑身是泥的小黄狗莫名挡住了我的去路。我盯着它,它盯着我,我走到左边想要绕开它,它就走到我左边,我走到右边,它就也走到我右边,我想要从它身上跨过去,它冲着我"汪汪汪"三声。我继续盯着它,它也继续盯着我,我们像是一对冤家,互相看不顺眼,一时间僵持不下。

"你怎么丢下翠青姨一个人出来玩了?"李春晖边蹲下边问。

一个人出来玩?明明是一只狗出来玩,而且玩就玩,为什么偏偏挡住我,不挡住李春晖呢?

"他跟我是一起的,都是去看翠青姨的。"李春晖继续说。

我心想一只小狗怎么能听懂人话,没想到它抬头看了看我,又"汪汪"两声,甩甩身上的泥,全甩在了我的裤子上,接着它昂首挺胸,趾高气扬地走在了我前头,又回头"汪"了一声,那模样像是示意我快跟上。

"它是第一次见你,"李春晖向我解释,"等它熟悉你的气味就好了。"

我跟着它走向前方,其实离那几间屋子也就只有十几

第九章

米的距离了,压根就不需要什么人或者狗子带着我寻找方向。我真是不知道这只小黄狗有什么好神气的。等走近一些的时候,我突然发觉脚下的路变得平坦了许多,地面上铺着崭新的地砖,那些小屋也比我想象中更新,看不出太多岁月的痕迹,墙面像是被人粉刷过不久,只有仔细看才能看到细微的几处裂缝。

每户人家都有一个院子,院里养着不少鸡和鸭,一个个也都显得趾高气扬,看到我就忽然叫起来,仿佛我闯入了它们的生活。我在一片嘈杂声中笔直向前走,又看到了一户人家,院子里开满了花,我从未见过这么多种颜色的花开在一起,红色绿色白色黄色粉色,一种又一种颜色争先恐后地跳进我的眼睛里。接着我看到地里似乎还种着许多蔬菜,但要说是什么蔬菜我却认不全,事实上我很久没有接触到菜地,没有接触到这么多花了,这么一想,这些花我也认不全,只能认出离我最近的一株是茉莉,那株茉莉似乎也认得我,在微风中向我轻轻点了点头。

我知道自己终于抵达了这次旅途的第二个目的地,那只神气的小黄狗果然在门口停了下来,冲着屋内"汪汪"两声,我不知道它的叫声怎么能突然变得那么温和,接着我看到它回过头,看了我一眼,乖乖地坐了下来。

我听到屋内传来一句:

"怎么又把自己弄得浑身泥?"

下一秒我看到了故事里的刘翠青,她一头白发,穿着打扮虽平常但很整洁,她那饱经沧桑的脸上布满了皱纹,却有一双充满活力的眼睛。我看到了她热情的笑容,又听到她说:

"能把你们带过来,再弄身泥也没关系。福生,可真有你的。"

刘翠青的声音也带着一种清晰的活力,她先是亲切地拉过李春晖的手,说:"我就知道你差不多该到了,快进来。"又亲切地拉住我,那感觉就像是从一开始就认识我一样,我好像是一个她很熟悉的人。我握住刘翠青手的时候,也同时握住了她手里的泥土,她的手很有温度。进屋之后我简单地介绍了自己,发现她的房里一尘不染,只有明亮的阳光从窗户的缝隙中透进来时,才能看到光柱中有一些白色的灰,整个屋子明亮又温暖。

屋里的陈设很简单,一张桌子摆在正中间的位置,旁边是几张旧椅子。屋子的另一侧有一个绿色的旧沙发,上面满是岁月的痕迹，款式一看就来自二十世纪，正对着一台旧样式的电视机。电视机上是旋转按钮，屏幕的上头连着两根天线。电视机的左边有一个小小的柜子，柜子旁是一张旧书桌，正对着窗户，我看到书桌上有一个小小的台灯，莫名觉得台灯的样式很熟悉，心想之前应该没见过来自二十世纪的台灯，恍然想起，这跟我在小姜书店看到的一模一样。

书桌上放着几本老书和几个相框，我看到相框里有几张照片，背景是不同的花，每张照片里都并排站着两个老人，两人的脸上都洋溢着幸福的笑容。我知道照片里的另一个人一定就是王福生，我怔怔地看着照片，不知道为什么觉得王福生似乎就在我的眼前。我在心里说了句"你好"，接着我看到一个棋盘摆在照片的后头，阳光正照在棋盘上，在这个瞬间，我觉得自己走进了某个悠长的春天里，窗外的树郁郁葱葱，小黄狗正在院里打滚，浅红色的太阳把不远处的池塘照得波光粼粼。我第一次觉得在山里生活好像也很好，这里是离太阳和月亮更近的地方，开满了五颜六色的花，树叶的绿很清晰，空气里的味道总是比城市里的更好闻。但转念一想，我似乎没有办法真的在山里生活，我早就习惯了城市里的便利。

这时候刘翠青说:"哎哟,怎么都站着呢,快坐下,看会儿电视,我来给你们开。我知道小伙儿都喜欢看什么,《甄嬛传》对不对,几个电视台都在放。"

我犹豫着应该怎么称呼刘翠青,想了想还是决定叫声"翠青姨",问:"翠青姨,你也爱看《甄嬛传》?"

刘翠青乐呵呵地回答:"可不,我女儿爱看,春晖爱看,我看着看着,也就爱看了,有时候就听听里面的声音,沈眉庄的声音最好听,听着就觉得舒坦。"

我看到李春晖把一直捧在手里的纸盒放在了书桌上,从里面掏出用保鲜袋包裹好的种子。我这才注意到纸盒的底层还压着一张明信片,他把种子和明信片轻轻地放在相片前,又对刘翠青说:"翠青姨,这是玫瑰的种子,是新品种,颜色更亮也更红,开花的时候,还比一般的玫瑰花看着更大一些,味道也更香。"

我看着刘翠青和李春晖并排站在照片前,对着照片说了会儿话,接着刘翠青说:

"福生,我们今天就把它种上。"

说着两个人走到了院子里,我也跟着走了过去,看到李春晖蹲着一点点挖开泥土,把种子埋了进去,又把泥土压实。他从院里拿起水壶,又环顾一圈,说:

"今年的花开得也很好啊。"

刘翠青在身后看着,说:"在山里,花也能开得更久些,今天真是个热闹的好日子,花开了,你也来了,还带了一个新朋友。"说完她回过身拉着我的手,指着院子里的每一棵树每一朵花,热情地向我介绍,又看着菜地,自豪地告诉我:"只要是你想吃的菜,刘家村都有,以后有空就常来。这里的菜园很大,这里的春夏秋冬都很热闹。"

刘翠青带着我走到门外,走到那个小小的池塘边,走到一棵小树下,她指着那棵树对我说:"这棵合欢树,是十年前我和福生一起种下的。我们搬走的时候,最舍不得的就是它。几年前我搬回来的时候,都没想到这棵合欢树还活得好好的。"

我抬起头,树叶在我头顶轻轻摇晃,树叶边还有几朵粉色的合欢花正在盛开。

"山里的季节说不准,"刘翠青接着说,"开在春天的花开了,开在夏天的花也开啦。刚开始我还担心福生不在,光靠我自己啥都养不活,但你看看,它们都开得挺好。"然后她回过头,看着站到我们身旁的李春晖说:

"春晖,有句老话怎么说来着?生命不会……"

李春晖看着刘翠青，轻轻点了点头，说：

"老话说，生命不会被轻易困住，它总会找到属于自己的出路。"

刘翠青笑着拍了下手，说了句：

"这句老话，还真是一点都没说错。"

这时候的夕阳很大，变得很红，我惊讶地发现月亮也挂在另一边的半空中，正是日月同辉的景象，此刻我们站在一颗星球上，凝望着另外两颗星球，李春晖说："还好，来得不算太晚。"

刘翠青说："不晚不晚，你能来，就都正好。"

李春晖开朗地笑了，又回过头看向我，递给我一把镰刀，问："要不要跟我一起摘一点菜？"

我看着镰刀，刚想拒绝，脑海里突然有个词一闪而过，我笑了起来，看向菜地，又看向背后的山，看到深蓝色的天空中挂着红色的云彩，太阳即将落入远山，夕阳却依然能穿过云层，在远方形成一个又一个光柱，一瞬间时间都变得柔软了。摘菜的时候我想，这是我第一次摘菜，双手接触泥土的感觉，让我觉得很踏实，就好像我掌握了无论如何都能生活下去的某种窍门。

第九章

"西红柿炒蛋还是得我来做,"刘翠青这时说,"鸡蛋是家里老母鸡今天刚下的。"

听到这句话,我忽然想起了什么,环顾了一圈,只看到不远处栅栏里的几只鸡和几只鸭,它们依然昂首挺胸地散着步。"翠青姨,"我一定要问出口,"这儿养鹅吗?"

刘翠青先是一愣,随后明白过来,看着李春晖哈哈大笑,回过头说:

"鹅,我们这儿有,但是浑身红色的鹅,我们这儿没有。那样的鹅啊,我也没见过。"

第十章

CHAPTER 10

此刻是春天

此刻是春天

王福生写给刘翠青的信

给翠青：

村里的老人总说，生命是连接在一起的，花落了回归大地，大地会长出新的花；一棵大树枯萎了，大地会长出新的树苗，长出新的枝芽。人是自然的一部分，一个人离开了，是回归到大地里，成为新生命的一部分。

如果每一年你都能看到花开，那就代表着我回来看你了。

花开一朵，花开一次，就是我回来一次，那么，我就总是会回来。

我想，到了那时候，我还能跟那些花一起，看到你的身影，看到你的白发，看到你的皱纹，看到你的笑容。我喜欢你笑。

翠青，五十年前遇到你的时候，你说我走错了山，找错了村子。我觉得你说得不对，那座山是我这辈子去过的最对的地方。

谢谢你，翠青。

王福生

此刻是春天

王福生写给刘翠青的明信片

翠青,你看啊,今年的花又盛开了,开得很好。
祝你六十七岁生活快乐,每天快乐,好好照顾自己。

王福生

2018 年 8 月 27 日

翠青,你看啊,今年的花又盛开了,开得很好。
祝你六十八岁生活快乐,每天快乐,好好照顾自己。

王福生

2019 年 8 月 27 日

第十章

…………

翠青,你看啊,今年的花又盛开了,开得很好。

祝你一百岁生活快乐,每天快乐,好好照顾自己。

王福生

2051 年 8 月 27 日

第十一章

CHAPTER 11

此刻是春天

1.

那封信的内容是一年又八个月后我才看到的。在刘家村那天,我只是在桌子上看到了一张明信片,那张明信片上写着的日子,恰恰是我与李春晖初次相遇的那天,二〇二三年八月二十七日。

吃完饭后我走到门外,太阳已经完全下山了,天空走进暮色,另一边的月亮静悄悄地变得明亮,在月亮的周围能看到几颗星星,微弱地眨着眼,等待真正的苏醒。小黄狗这会儿安静了下来,一时间整个刘家村只剩下蝉鸣和风吹过的声音。我忽然想到山下的世界,那里匆匆忙忙,无论走到哪里,都能看到汽车的尾灯连成一条直线,车挤着车,川流不息,亮起灯光的写字楼是立在城市中的灯塔,

第十一章

它们冷漠地俯瞰着城市里行走的每一个人。

当两种截然不同的风景在我眼前渐渐重合的时候,我突然生出一种失落感,许久以后我才意识到,那正是一种看到喜欢的电视剧完结时的怅然若失,眼前的风景越是美好,我就越是难受,就好像这样的风景我再也不会遇到一样。我看了眼手机,想着差不多也到离开的时候了。回到屋子里的时候,我看到他们正在收拾碗筷,看着刘翠青小小的身影,我又看向刚才吃饭时坐的椅子,想到明信片上的句子,内心突然生出一种冲动,告诉他们我要回一趟车上,一会儿就回来。李春晖说:

"你人生地不熟的,我跟你一起。"

我说:"到停车的地方也就一条路,我去去就回。"

也就一会儿工夫,天就完全黑了,我发现有段路的路灯很亮,几乎不需要用手机的手电筒照明,等我走出那段崭新的砖路的时候,路灯也蓦然而止,好在月亮足够亮,我能够清晰地看到脚下的路。我忽然想起小时候的月亮,也是这么亮,无论我走到哪里都跟着我,让我在夜晚也能看清回家的路。我前前后后花了半个多小时,等我气喘吁吁地回到路灯的光圈下时,看到刘翠青和李春晖站在门口

等我。我把手里的靠枕递给刘翠青,说:

"刚才坐着吃饭的时候我就觉得不太舒服,椅背太硬也太板正,觉得腰后头空,您以后吃饭就垫上这个靠枕,会舒服一点。"

刘翠青接过靠枕,把它拿在手里看了又看,就像是收到了什么珍贵的礼物,欣喜又兴奋地向我道谢,说:"哎哟,真是太好了,今天真是特别好的日子,小陈,谢谢你。"

听到刘翠青这么说,我反倒不知所措,那个靠枕本来就谈不上多珍贵,放在那里也不见得有多少乘客在乎。这时候我听到了一声"汪",低头一看,那只小黄狗蹭了蹭我的腿,跑回屋里,从角落里叼出一个毛绒玩具放在地上,又摇着尾巴叫了一声。

刘翠青兴奋地说:"福生,这不是你最喜欢的玩具吗?"说完又看向我,说:

"它这是想让你跟它玩一会儿。"

我愣了一下,心想它刚才还拦我的路,现在倒是想跟我玩了。我捡起玩具,轻轻地丢了出去,这只也叫福生的小狗像一枚小火箭一样"嗖"的一声飞了出去,就五秒钟的工夫,它就叼着玩具回到我眼前,尾巴耷拉着,眼里像是写着"你瞧不起谁呢"。刘翠青说:"你得用力点扔,它对这儿比我还熟悉,不会找不到路的。"听完这句话,我捡起玩具,用力往前一扔,正扔到斜坡上,福生飞奔到玩具边,却不着急把玩具叼回来,反倒用前爪把它往坡下推,等到玩具一路向下滑的时候,它才来了兴致,抖擞精神向前一路飞奔,顺利地在玩具掉进水里的前一秒拦住了玩具,它自己却没能刹住车,脸先落水,整个身子都掉进了池塘里。接着它又跳出池塘,"汪汪"两声,甩甩身上的水,兴奋地跑了回来,看样子落水反倒让它更开心。原来它身上的泥都是这么来的啊,我可算是知道了。

这时候我忽然听到李春晖对我说了句:

"它现在把你当作熟悉的人了。"

这么一来,我们到了需要告别的时候。我们一路走向路灯的尽头,走在他们身后的我忽然想,这座村子坐落在山间盆地,刚才路过几户人家的时候,看着也不像还有年轻人住在这儿。我知道老人们自有生存之道,可还是忍不住想,这里的人要怎么过冬呢?尤其过去的三年,我们所有人都遭遇了疫情,如今我们依然生活在不安中。看着崭新的路灯,看着脚下的砖路,看着下方的泥泞,我怎么想都觉得不对劲。李春晖告诉我这里还有一条山路。"是有人

会定期从山下送东西上来吗?"当我把心里的疑问说出口的时候,刘翠青用力拍了拍李春晖的肩膀,说:

"以前常有人来,后来就少啦,主要是刘家村通向的那个小镇也不行了。以前那儿要多热闹就有多热闹,每个月十五都有大集,哎呀,可惜你们看不到那场面,好家伙,真是人挤着人。好在这些日子,村子里来了不少大学生,教我们用遥控器,又教我们用手机。小陈,我跟你说,手机我是早就会用了,那电视遥控器看着简单,但我是怎么也搞不明白,还不如用回那台旧电视机,我好歹还会换台。去年冬天家家户户都添了新棉被。春晖也常来,还有他朋友姜越,每两个月都会来一次,每次来都给我们带东西。要我说,这些可都是多亏了春晖。"

说到这里,刘翠青用手指了指地上的砖路,说:"要没有春晖,这儿就不会有新的路,也不会有新的灯,村里本来老没信号,现在打视频电话都不卡了。过两天,还会有人来继续修路,到时候你再来,小溪旁的那条土路就不会这么难走啦,刘家村的路牌也会换成新的。"

在明亮的路灯下,我看到李春晖的脸涨得通红,半晌才说:

"翠青姨,路不是我修的,灯也不是我安的,我没做什

第十一章

么,说起来都是大学生忙前忙后,去反映情况,去联系人帮忙,钱也是村里人和大家伙儿一起出的。"

刘翠青看着李春晖,大声说道:"要不是你拍的那些照片、你写的那些文章,这村子早就被外面的人忘了。不然那些个大学生是怎么知道这里还有个刘家村的?"

我听完愣了一下,随后刘翠青又对我说:

"春晖总说自己写不好任何东西,但其实他写的东西都特别好。我们这里所有人都觉得好,是真好,是真觉得写到我们心里去了。"

接下来的一分钟,李春晖像是被什么东西钉在了那儿,一动不动,我看到他的双手握紧成拳。这时候刘翠青把拿了一路的两个红色塑料袋塞进我们手里,里面放满了菜,嘱咐我们一定要带走,说年轻人就得多吃点。说完她又在口袋里摸摸索索,掏出一个褪色的红色手帕,从手帕里掏出一把东西来,接着她让我们摊开手掌,我感觉到有什么东西轻轻地掉进了我的手里,低头一看,是大白兔奶糖。

"上次来的大学生送的,我们村里人分着吃了,是真的甜,这是给你们留的,路上一定记得吃。就可惜家里没剩下鸡蛋能让你们带走。"刘翠青不无遗憾地说,说完又用力地抱了抱李春晖，也抱了抱我。然后她看着李春晖，握紧了他的手，说："记得常给我打电话，发微信。打视频电话就更好了。"

"我会的，"李春晖说，说完又像是想起了什么，补充道，"对了，翠青姨，如果有人要你给他汇款，哪怕那个人长着我的脸，说话是我的声音，你也不能汇，有什么事都先联系人民警察。"

"我知道，这叫电信诈骗，对吧？"刘翠青笑呵呵地说，"来村里的大学生都告诉我了，嘻，其实我真挺会用微信的，你把心放肚子里头就行。"

李春晖像是回忆起了什么似的，也笑了，挥了挥手，说："翠青姨，走了，再见。"

"春晖，"刘翠青边用力挥手边大声说，"我们回头见！"

在我们沿着那条幽暗的小路走出刘家村时，我看到刘翠青一直站在那里，站在那条新路的尽头一动不动，她还把屋子里的灯都打开，好让我们回头的时候能看到灯光。最后她跟那间小屋都成了小小的影子，又变成小亮点，逐渐消失在我们的视野里。我想起姜越送别李春晖的时候，也是这么一直看着他，郑重其事，看着他慢慢离开。我突然很讨厌告别,就好像每一次告别,都让天更黑了一点。

这时候我才注意到李春晖走路有些摇摇晃晃,脸色也变得很难看,看起来竟然有些病容,这一路的奔波连我都有些吃不消,我赶忙扶住他,告诉他想休息就先休息一会儿,他摇摇头说自己没事,又:"就剩最后一个地方了,麻烦你了。"

"你不是付钱了吗?"

我边说边打开手机,看到系统上的最后一个地址的时候,突然发觉目的地就在我前公司附近。接单的时候我只注意到了大致路线,没有仔细看最后这个地址。我顿时僵在原地,回过头诧异地看向李春晖,在这个瞬间,我猛然意识到,李春晖故事里的那座桥,很可能就是在几个月前,我常常路过的那座桥。

"李春晖,"我问,"我们之前在哪里见过吗?"

李春晖回过头看着我,眼里也有些疑惑,说:"怎么突然这么问?"

我停顿了会儿,组织着语言,告诉他:"刚才听你的故事的时候,我就觉得有点熟悉,你提起过的那座桥,你提起过的那条河，没弄错的话，我之前也会每天从那里路过。你之前工作的公司，应该就在我前公司附近，搞不好，就在一幢大楼里。虽然时间上不重合，但如果你还在那周围生活，那我们总是有可能在附近见过的。"

李春晖认真地看着我，又摇了摇头，说："你说的确实有可能，但我没什么印象。"

"一开始我只是觉得你是一个话多的乘客，我之前也不是没有遇到过，"我想了想说，"听到后来，我觉得你这人应该是没什么朋友，没什么人听你说话，所以你逮到个机会，就想着对我说。在看到姜越后，我就觉得哪里不对劲，觉得自己想错了。现在我更确定了，你一路上所说的是你的人生，而且你和盘托出了自己的人生。听了这么多之后，我不觉得你是一个遇到什么人就要把往事都说一遍的人。"

"这不是跟你遇见了两次，聊了几句就觉得我们应该能说上话，也就有了想说的心情。本来确实没想着把故事说这么具体，但说着说着就停不下来了，"李春晖沉默了一会儿才开口，边说边看着我，这时候他的语气忽然变得很认真，我觉得他的眼神里有一种罕见的真诚，"当然也不仅仅是因为这些，你说得对，我不是一个遇到个什么人，就要把往事都说一遍的人。最开始我之所以决定开口,是因为我看到你站在路边看着对面的眼神,你的眼神看着很空,跟我当初一模一样,我认得这眼神,错不了。"

那一刻我目瞪口呆,现在我依然无法用文字来形容我当时的感受,有些时刻就是这样,无论你多么想要把它们用语言描述出来,最后都只能无奈地发现,它们远比这世上的所有形容词更好。我只是愣在那里,一直看着李春晖,像是被冻住了一样,无法说出任何话,无法做出任何表情。我不知道自己沉默了多久,有些冰块才逐渐融化,在缝隙中钻出了几段自白,那些话就像是自动从我嘴里说出的,就好像我一直都想与什么人说,只是一直没能遇到可以诉说的人。我想我当时所说的话其实是混乱的,没有那么精准,因为我从一开始就避免思考,也因为我从未向人表达过什么,我甚至不知道自己要表达的重点到底是什么,而李春晖听懂了其中的逻辑。

现在我所写下的,是后来我在脑海里一遍又一遍打磨过的版本,所有的用词我都重新斟酌过,即便如此,我也不确定这些话是否能够准确地表达出我当时的想法:

"如果我没弄错,你提起过的那座桥我也走过,曾经也有那么一两个瞬间，我想过跳下去。但我没有遭遇什么事，是真的什么事都没有。那时候我还没有失业，生活算不上太糟，其实到现在，我的生活也不算太糟。可我就是开心不起来。很久以前的我好像很容易开心，也觉得生活很有意义，但后来快乐就不那么容易了，哪怕会有类似的感觉，也很快就没了，然后我只觉得无聊。跟你不一样，我没什么爱好，没什么特别想做的事，也没遇到过什么人，我心里觉得没什么关系，反正那些都会在前头等着我的，忙起来就好，忙起来就能快点过去，就好像开车一样，我只想快点到达目的地，可现在回头想想，我早就抵达过无数个曾经要去的目的地了，结果呢，什么回忆都没能留下。

"有时候走在路上，看到来来往往的那么多人，我会想，为什么别人看起来都很快乐呢？为什么有些人跟我过着差不多的生活，却觉得幸福呢？从小时候起，爸妈要求我怎么做我就怎么做，到后来，社会要求我怎么做我就怎么做。所有人都说，走下去就好了，所有的努力都会得到补偿，但我这么走下去，真的能得到什么补偿吗？我听所有人的，选了份体面的工作，一路飞奔，可道路忽然没了，我一脚踩空；我听社媒的，去旅行，可没几个地方是我真想去的，去了发现还不如不去。李春晖，学生时代我也挺

第十一章

爱读书的，但现在光是挑书就让我觉得累了，最后我还是喜欢看短视频，因为那样最轻松。如果把短视频上的所有文字加在一起，我也算是读了一百本书了，可其实那些真正的书，那些犹豫了好久才买回来的书，我连塑封都没有拆开。那本《我与地坛》我很久以前读过，但现在连个大概都不记得。我不知道自己喜欢什么，也不知道自己擅长什么，我不知道接下来的日子我到底想怎么过，我搞不懂生活的意义是什么。"

李春晖静静地听完我的所有话，像是在思考些什么，然后他又看向我，我能感觉到他的目光一直都在我脸上。我突然发觉自己正在害怕着什么，我害怕我这段突然的自白，会让他审视我，会让他看低我，因为跟他相比，我所说的话是那么乏善可陈，可事实证明我只是想多了，李春晖的目光里始终没有审视的意味。我像是终于放下了内心的石头一般，沉沉地吐出一口气，呼吸重新回到我的身体，这时候我才听到李春晖的声音：

"我刚才说，我看到了跟自己一样的眼神，那是一种空洞的眼神，是一种看什么都再也没有兴趣的眼神。陈希，快乐如果不能触及内心，随后就会变成某种沮丧，就好像烟火如果不能照进你心里，就只会让你觉得晃眼，回过神来,眼睛都觉得不舒服。我不觉得你用忙碌来填满生活是错的,也不觉得你选择了那份工作是错的,或许本来就没什么是错的,我们只是以为还有一条别的对的路。这世上有许多人本来就是靠忙碌来充实内心的,但你恰好不是。我没办法告诉你生活的意义是什么,毕竟你的生活专属于你,我们没法真正共享一份心情,意义也不是只言片语就能诠释的,但我觉得,其实答案离你已经很接近了。能提出问题的人,或许早就意识到答案是什么了,只是没有准备好迎接那个答案。"

这时候我忽然看到视线的尽头闪过一个绿色的光点,随后意识到那并非我的错觉,是一只萤火虫在幽暗的树林里闪着光。它发出的光是那么亮,在夏日一片漆黑的夜晚里,显得那么梦幻,我的手机就握在手里,那一瞬间我居然忘了举起手机拍一段视频。我看到它先是停在小溪边,又缓缓地飞向树林,缓缓地消失在我的眼前。可那束光就像是飞机飞过在空中留下的白色弧线,即使飞机消失了,飞过的痕迹也会短暂地停留在那里,那束绿光也短暂地留在我心里,没有随着萤火虫的离开而立刻消失。或许是因为我在原地待了太久没说话,李春晖问:"怎么了?"

第十一章

我说:"没什么,只是突然想起来,小时候我好像特别喜欢萤火虫,但一直都没见过,没想到现在见到了。那时候我老想着,如果这辈子能见到一次萤火虫就好了。现在我都快忘了,我还喜欢过萤火虫。"

李春晖接着问:"感觉怎么样?"

我想了想说:"太突然了,我都没想到会在这里看到萤火虫,我都没想到北京还能有萤火虫。"

李春晖说:"其实北京许多地方都有萤火虫,我去年夏天也看到了许多萤火虫。"

我在北京生活了这么多年,却对此毫不知情。我说:"我也没想到会来这座山。"

仔细想想,今天发生的一切都是我未曾预料到的,这一刻我忽然觉得,有时候,你想看到的那片风景,值得你记录下的那片风景,是突然出现的,是在意料之外的时刻出现的。

李春晖笑着说:"我没说错吧,你会发现开过那条蜿蜒的山路是值得的。"

在开车之前,我看到时间走到了晚上的八点半,算起来李春晖包车的时间即将超过十个小时。我看了眼导航,不到一个半小时就能到最后的目的地,开快点说不定一个小时就能到。刚才在刘家村耽搁的时间,有一半都得算在我身上。

随后我们从那条山路开了下去,又一点点开往城市里,开过一段又一段漆黑的道路,路灯终于多了起来,城市也渐渐出现在眼前。这期间我们两个人没有再说话,李春晖坐在我旁边,像是终于抵挡不住疲惫,打着瞌睡。

直到熟悉的写字楼出现在我们眼前,直到我终于确定那座桥确实见证了我们各自不同的生活,直到我把车停下,还有最后一段半小时的路要走的时候,李春晖才说起了那天的最后一段故事,以及那天要见的最后一个人。

2.

二〇一七年的那个夏天来得很早,还没到六月,烈日就着急地赶走了春天,王福生那时候还在,我常常走向那条小巷,那里总热热闹闹的,人们聚在一起说着话,下着棋。围观棋局的人里三层外三层,所有人都聚精会神,先是一言不发,而后发出一声惊呼。那天我也走进了人群,想着偷学几步象棋的开局,这时候我忽然觉得有人拍了拍我的肩膀，回过头看到了一个熟悉的面容，杨复兴脸上同样写着惊讶，他告诉我，他偶尔有空时会出来转转，来看下象棋，刚才看着就觉得眼熟，没想到还真是遇见了我。说完他沉默了会儿，斟酌着用词，小心翼翼地问：

"好久没有看到你了，你……最近还好吗？"

我记得上次见到他还是在葬礼上，我不知道应该说些什么，只是沉默地点了点头。杨复兴看起来也像是不知道还能说什么，在棋局旁边确实也不能说什么，于是我们沉默着，等棋局结束之后，我告诉他，我接下来还有事。等我走到几米外的时候，杨复兴追了过来，他停顿了会儿，声音像是从嗓子里挤出来的似的，说：

"……林雨桐是个好客人，你知道餐馆里总是人来人往，没什么人会特地告诉厨师自己很喜欢他做的菜。

"……餐馆的墙上还贴着你们的合照。"

我沉默着，我的记忆越过了杨复兴，看到了雨桐，看到了她吃饭时的笑脸，我的思绪继续迈向前方的过去，于是一切又都那么清晰，其实它们从来都是清晰的。

"方便的话，过来吃饭。"他最后说。

几天后的周末,我告别刘翠青和王福生,走出那条胡同的时候天还很亮。我一路拐过好几个弯,又走过一条胡同,眼看着即将走回大路,却鬼使神差地转了个弯。在记忆里的路口遇到了一个大概刚上初中的小朋友,她背着书包,手里拎着一袋大葱和韭菜,塑料袋时不时地拖在地上。我看到有几个街坊想要帮忙,小朋友坚定地摇了摇头,等她走到我身边的时候,我忽然觉得那个书包是那么眼熟,认出了她是杨复兴的女儿杨梓涵,那个总是坐在柜台旁边的桌子上写字画画的小女孩,看着又长高了不少。雨桐当初是那么喜欢她,如果我们的计划能一切顺利,或许现在我们也会有一个女儿,或许在未来两个女孩还能成为朋友。杨梓涵路过我身旁时注意到了我的眼神,她停下脚步看着我,刚转过头走了两步,又像是忽然想起什么似的回过头,跑到我身边,说话的时候眼睛闪闪发亮:

"我想起来了,你是照片上的那个叔叔,是以前经常来过生日的叔叔。你今天要来吃饭吗?"

我摇摇头,转身想走,可还是问:"你怎么一个人拎着这么一大袋子菜,你爸呢?"

杨梓涵自豪地说:"我爸在忙,店里准备的葱不够,这些是我自己去买的。"

我疑惑起来,问:"你爸爸放心你一个人吗?"

第十一章

杨梓涵又拎起沉重的袋子,说:"我又不是什么小孩子。再说,这里的叔叔阿姨、爷爷奶奶都认识我,我也认识他们。我还认识你。"

她艰难地向前走去,我看到她的书包摇摇晃晃,又看到她不得不停下脚步调整书包的背带,我想了想,还是走了过去对她说:"我帮你拿。"

杨梓涵停下脚步看着我,擦了擦额头的汗,说:

"你不要打扰我,我本来走得好好的,现在得重新拎起来了。一鼓作气很容易,被打断了重新开始是很难的!"

然后她倔强地说:"你不要帮我,我自己能行。"

我从袋子里抽出两根大葱,说:"我就帮你拿两根大葱,剩下的都算是你自己拎的。"

眼前的杨梓涵忽然有点不知所措,最后还是点了点头,说:

"到了店门口你就把大葱放回来,我要让我爸知道我能帮上他很多。"

后来我才知道,那天餐馆根本就不缺什么大葱,是杨梓涵一直觉得没能帮上自己的父亲,而杨复兴拜托了沿途的街坊,用一种巧妙的方式满足了自己的女儿,告诉女儿,她是重要的,做的每一件小事都很重要。当看到杨梓涵的时候，他立刻摆出了惊喜的表情，说："我闺女真棒。"随后他看到了我，我刚想离开，他就叫住了我，说："我给你炒个菜。"

杨梓涵也拉着我的手，说："叔叔，你来都来了。"

这时候餐馆里坐满了人，我刚想说"也没我的位置"，就看到一个客人站了起来，说：

"我刚好吃完。"

于是我只能坐了下来，一时间无所适从，我看着坐在我前头桌子上的杨梓涵，知道自己的回忆正在流淌。我记得那时候雨桐教过她画画，也给她带过玩具，杨梓涵总是很认真地跟雨桐道谢。我记得有那么一天，她画了我跟雨桐，又把画送给了我们。雨桐回家就把那幅画贴在了餐桌旁的置物架上，跟我们的未来计划贴在一起。这时候杨梓涵突然抬起头问我：

"叔叔，你手机里有夏天的照片吗？"

我吃了一惊，问："怎么了？"

杨梓涵把手里的画递给我，问我："你看我画得像不像？"

我不知道她坐在那儿一直画的是夏天，一时间没能接话，杨梓涵以为是画得不像，有些懊恼，说："我是按照阿姨之

第十一章

前的描述画的,我就知道时间过去那么久了,我画不好了。"

我忍不住问她:"为什么会突然画夏天?"

杨梓涵抬起头说:"叔叔不是很久没来了吗?这是给你的礼物。"

我把手机里的夏天的照片点开,告诉她,她画里的小猫跟夏天一模一样,然后我问她:"为什么过去这么久了,你还能记得阿姨说过的话?"

杨梓涵认真地告诉我:"因为阿姨对我很好,我觉得她也很好,爸爸也很喜欢她,我们都很喜欢她。所以我记得她说过的话,也记得她说过好几次的小猫。其实好久之前我就画过几幅,叔叔,还好你又来了。"

听完我愣在原地,恍惚间觉得世界在震动,杨梓涵眨着眼睛问我怎么了。

我说:"谢谢你记得她。"

杨梓涵似懂非懂地点了点头,又回到自己的座位上,从包里拿出一本书,皱着眉头看了起来。

当我吃完饭想要付钱的时候,杨复兴爽快地说:

"这顿饭是我请你的。"

最后他还是拗不过我的坚持,于是他不好意思起来,半晌后说:

"你后来再也没来过,我还总想着跟你们再说说话。"

说到这里他突然手忙脚乱,不知道应该怎么纠正自己,我说:

"谢谢你们都记得她。"

接下来的日子,只要有时间,我就会去那家小餐馆看看。那儿的生意依然很好,杨复兴没有办法常常跟我说话。这样也很好,我总是不知道应该说什么,有时候我不吃饭,只是看一看他们。这期间我注意到杨梓涵总是坐在座位上,也不怎么看手机,有时候画些什么,有时候就拿着书看。有一天店里没什么客人,杨梓涵手里捧着一本小说,一本在我小时候坐在山上的土坡上的那些日子里,也读过的书。在休息的间隙,她向坐在柜台边的杨复兴询问:"爸爸,这本书的故事要表达的是什么意思?"

杨复兴挠挠头,说:"这本书我没看过。"说完又回过头看向我,告诉我:

"我其实没读过多少书,我闺女读过的书早就已经超过我了。"

我看着杨梓涵,看着她脸上的好奇,又想到她总是一个人坐在餐馆里的座位上,我从未见过她在外头跟别的同

第十一章

学玩。我不由自主地坐了过去，告诉她，我跟她差不多大的时候也读过这本书，一模一样的书，这个故事要表达的东西很简单：牧羊少年走了一圈，发现宝藏其实一直在他身边。

杨梓涵点了点头，问我："为什么要走一圈后才能发现呢？"

我沉吟片刻，想到了怎么回答，说："因为没出走的少年，不相信身边的东西就是宝藏。"

杨梓涵皱起了眉，打开书从第一页重新开始读，过了一会儿，在我吃完饭准备离开的时候，她叫住了我，说："叔叔，你觉得这本书的内容有意思吗？"

在我回头后，她又说："我同学都觉得我读的书没意思，都不喜欢。"

我说："只要你觉得有意思，它就有意思。"

后来的一天，我告诉杨梓涵，我以前上学的时候跟她一样，别人都在玩的时候，我就喜欢捧着书看。那时候我以为自己是没有选择才读书的，但现在回头想想，那时候的我是真的很喜欢读书。

杨梓涵听完，看着我问："叔叔，学校里会有人觉得你孤僻吗？"

我愣了一下,没想到多年前自己的遭遇现在依然在上演,问:

"有人这么说你吗?"

杨梓涵的语气很别扭,说:"他们都这么说我。"

"老师也这么说你吗?"

杨梓涵的眼神明显地黯淡了下去,她垂着头,声音低到几乎听不见:

"老师说,这些书都很好,但没什么用。我马上就要升初中了,脑袋里最好还是多装一些有用的知识,我的时间应该多花在课堂上,多花在提高成绩上。老师也不喜欢我画的画。"

那时候我脑海里第一个出现的人是姜越,我想起他对我说的话,于是对杨梓涵说:"你只要自己觉得开心就好,你的画叔叔很喜欢,画得很好,也很有意思。"我忽然想起了我和姜越埋下的铁盒,眼前的杨梓涵差不多也是那样的年纪,于是又说:"你长大以后想要当画家吗?"

她摇了摇头,开朗地说:"我也不知道,我爸说,能当画家很好,不能当画家也没什么关系。"

我看到杨复兴正坐在我们身旁,满眼柔情地看着自己的女儿,我愣了一会儿,忽然意识到我父亲从来没跟我说

第十一章

过类似的话,他从来没说过"你喜欢这个就很好",也从来没有说过"没关系"。这时候杨复兴注意到了我的目光,我说:

"我有个朋友就住在旁边,在那个路口的另一边,要穿过几个胡同,稍微有一点远。他也很喜欢做饭,喜欢下棋,我觉得你们一定能合得来。"

杨复兴开心地说:"那你可得让我们认识认识。"

可到最后他们也没能认识,王福生离开我们之后,刘翠青就搬回了刘家村。去刘家村看望刘翠青的时候,我发现那个村庄虽然很美,但几乎已经被人遗忘,她家门口的小路上堆满了碎石子,每走一步都得小心翼翼,我待到天黑才走,整个刘家村漆黑一片,只有几户人家的灯昏黄地亮着。我知道刘翠青喜欢刘家村,我也知道在这里的每一个老人都喜欢刘家村,那时候刘家村总共有将近二十户人家,家家户户的年轻人都在外头奔波。姜越跟着我走出刘家村的时候,我们都想着是不是能做点什么,这时候他说:

"春晖,你可以把这里的一切都写下来,一定会有人看到的。"

回到家之后,我本来想打开电视,却鬼使神差地打开了很久没有打开过的电脑,看到桌面上满满当当的文档,都是广告策划案,我第一次把所有的文档都删掉,打开了一个空白的文档,最初我不知道应该怎么写第一句话,也没有把握能把文章写好,但不久后我的手指自己动了起来,写着写着,我发现自己不仅仅是为了刘家村在写,也是为了自己在写。原来我还可以打心底享受写作,原来为自己写作是那么让人充实,长久以来我居然忘了这一点。

事实上第一个看到那篇文章的人就是杨梓涵,那天我不由自主地走向了那家餐馆,在最熟悉的位置找到了正在写作业的她。我把手机打开,杨梓涵不知道刘家村在哪里,也不知道文章里的人都是谁,可她依然全神贯注地看完了那篇不长的文章,看完之后又看了一遍,接着她指着其中的一段告诉我,她最喜欢的就是这一段。我问:"你为什么最喜欢这一段?"

她说:"我读完觉得自己也看到了那些花和那些树。"

我看到她的眼神里充满了欣喜,接着她兴奋地告诉我:

"我也想去刘家村看看。"

我点了点头,又告诉她我写这篇文章,是想帮助住在村子里的人。听完后杨梓涵看着我,说:

"一定可以的,李叔叔,我觉得你可以当一个作家。"

第十一章

我苦笑着摇了摇头,说:"叔叔试过了,这是不可能的事情。"

称赞总是令人开心,但我明白她知道这篇文章是我写的,所以才特地这么说的。其实在白天醒过来之后,我就没有那么喜欢自己在昨天夜里写的这篇文章了,想起昨天晚上自己的热情,我忽然觉得有点难为情,无论如何,至少杨梓涵喜欢,这么一想,我的心情多多少少轻松了些。这时候我感觉到她炽热的目光,抬起头看到她正认真地看着我,说:

"如果你什么时候能专门给我写一个故事就好了,我知道我肯定会喜欢的。"

3.

李春晖的叙述停在了这里,我知道眼前出现的餐馆,就是今天的最后一个目的地。他手里捧着的纸盒里还剩下猫粮,他依然小心翼翼地捧着,但我想这猫粮应该不会用在这里。打开门之后,我发现里面没有太多客人,我心想或许是因为时间太晚的关系,毕竟这时候已将近晚上十点。

一个中年人正坐在柜台前,看模样四十多岁,他一看到我们,立马就来了精神,站起来跟我们打招呼,椅子被他碰了一下,差点倒在地上。他说:"我闺女知道你今天要来,还吵着要从老家坐火车过来呢。"

李春晖说:"那多麻烦,还是让她在老家好好待着。"

"现在想想,还好之前就让她回老家读书了。本来想着能让我闺女多见见世面,在书里面学到的东西都能在眼前,但很快我就知道,其实她在这里并不太开心,对她来说,这里太不一样了,这里的人也太不一样了。老家的生活,也是世面。"

"她肯定很舍不得你,"李春晖说,"你一定也舍不得她。"

我环顾四周,这家餐馆确实很小,但布置得很温馨,墙上贴着许多幅画,其中一幅画的是彩虹,彩虹下面还有两间小屋,整幅画色彩搭配得很好,线条很细致,比例也很好,看得出画画的人很有天赋。画的周围贴满了照片,跟别的餐厅不同,不是老板和名人的合照,而是客人吃饭前与饭菜的合影,所有人的脸上都带着笑容。我想我在照片里看到了林雨桐,照片很是显眼,因为照片里是正在庆祝生日的场景。坐在林雨桐旁边的人就是李春晖,和现在的他不太一样,照片里的他没有一丝白发。我犹豫

第十一章

着是不是该跟李春晖说自己看到了那张照片,回过头的时候发现他也正盯着那张照片。接着我又看到餐馆的墙面上记录着杨梓涵的身高,墙上的横线一条比一条高。不大的餐馆被两个人的不舍所笼罩,打破沉默的是杨复兴,他说:

"这些都比不上让她在自己觉得快乐的环境中长大,她前两天给我寄了幅画来,吃完饭我拿给你。今天还是老一套,对吧,你朋友有没有什么特别想吃的。"

我说按照李春晖的习惯就好,摸了摸肚子,还真是跟着他吃了一路。

不久后李春晖冲着厨房问:"最近过得怎么样?"

杨复兴这时候背对着我们,正专心地炒着菜,他熟练地翻锅颠勺,一阵又一阵火苗蹿起,他大声回:"还可以吧,好不容易撑过疫情,盼来了二〇二三年,我还特地延长了营业时间,但生意也没啥起色,这个地方,就算开得再晚,也没什么人会来了。等把之前欠的房租还上之后,就又回到原点了。房东前两天说房租可以宽限几天,但其实他也等着那笔房租用。这年头大家都很难,也不知道什么时候这家店就撑不下去了。"

李春晖也大声说:"你没问题的,在哪儿都能活下去。"

杨复兴手里一直没停,端给我们第一道菜的时候,他说:

"我还能再撑一阵,倒是你,能来的时候就多来,不能来了我就去看你。其实这些日子我也想着要不要回老家,想想最舍不得的就是你们这几个常客。我这人有什么就说什么,我是真觉得你们像家人,北京这地儿太大,能看到熟悉的面孔我心里头就觉得踏实。"

每一次他把菜端给我们的时候脸上都带着笑,看到我把饭菜都大口吃完的时候,我注意到他脸上再次露出发自心底的笑容。他的模样让我意识到,我好久没有看到这样的笑容了,平日里看到的笑容多是出于礼貌和客套,那种笑容从来不能代表一个人内心的真实情绪,也从来不代表着开心,而今天我似乎看到了许多。想到这里我突然想到,我是不是在心底有着某种傲慢呢?他人的目光又是否真的那么重要呢?就像看到小姜书店的时候,我的第一感受是这里也没什么意思。父亲说的体面到底是什么呢?在今天之前,我从来不觉得,在餐馆做饭,在大山生活,在郊区开一家二手书店,开一辆网约车,这样的生活能有什么乐趣。乐趣往往出现在广告里,出现在短视频里,出现在那些波澜壮阔的风景里,出现在别人羡慕的目光里,还出现

第十一章

在我父亲的向往里。那些才叫生活。

这时候杨复兴也坐在了我们身边,他得知李春晖今天的叙述,兴冲冲地告诉我:

"当时我闺女让春晖专门给她写故事,我第一反应是自己闺女给别人添了麻烦,我当时还说,'叔叔很忙的,哪儿有空给你专门写什么故事'。

"我闺女听完就气得从凳子上站了起来,跟我说她也很忙,但她还是会一有空就画画呢。"

杨复兴接着说:"我就对她说,你是为了自己画画,人李叔是为了你写故事,能一样吗?"

"其实那时候我有时间,其实我一直都有时间,其实我能写故事,也不单单是为了她。说起来,我得谢谢梓涵,是她给了我一个重新提笔的契机,而我正需要。"说到这儿,李春晖看着我,指着墙上的画,说:

"我给杨梓涵写的第一个故事,就是彩虹上住着人的故事,因为她最喜欢的就是彩虹。几天以后,我回到这儿,给她看那个故事,她高兴地站起身,跑到她爸身边告诉他,这是她读过的最好玩的故事,然后她就回到座位上,画了那幅画。后来她告诉我,彩虹上住着的是她爸妈、她自己、我和雨桐。"

说到这里李春晖停顿了一下，又看向那张照片，说："那就是雨桐了。"

我点了点头，说："我刚来的时候就看到了。"然后我停顿了一下，想了想还是说：

"照片里面的你们看着很幸福。"

李春晖脸上露出的笑容不像是因为我说了什么，更像是因为看到了某个回忆，他是在与回忆里的人相视而笑。他很快给了我回应，说：

"那确实是我最幸福的几年，直到现在我依然这么觉得，以后我也会这么觉得。"

短暂的沉默后，杨复兴走回收银台，从里头掏出一个纸盒来，李春晖双手接过纸盒，小心翼翼地打开，里面静静地躺着一张画纸。杨复兴说：

"这就是我刚跟你提到的画，是我老家的那座小山。我闺女一直记得你跟她说过，你小时候读那本书的时候，常常去一座山上，在那座山上遇到了一只小猫，还在那里遇到了你这辈子最好的朋友。她一直想把这幅画画出来，可就是觉得哪里不够好。我老家刚好也有一座山，她就把这幅画给画了出来，快递到的时间刚刚好。"

第十一章

我看到画中的山上有一只白色的小猫,后头并排站着几个小人儿,我看得出他们是李春晖、姜越和刘翠青,每个人的神态都不同,天空中还有一道彩虹,整幅画是那么栩栩如生,相比墙上挂着的那幅画,几年过去,杨梓涵的绘画水平又提高了不少,已经没有半点稚嫩。我忍不住赞叹:

"杨梓涵将来搞不好真能成为画家。"

杨复兴笑着说:"这倒无所谓,只要她觉得快乐就行。"

说完他不知怎的说起了从前:"我以前啊,也没想过后来会开一家小餐馆,我没读过什么书,跑过卡车运过货,也当过小区保安,后来阴错阳差地跟老乡学了做饭,接手了这家餐馆。那时候真觉得做饭没什么奔头,生活也真是没什么奔头,做饭能做出什么名堂来?现在回头想想,我这双手啊,虽然不能画画,也不能写文章,但也不算一无是处,我可是喂饱了许许多多饿的人呢。"

这期间李春晖一直没有说话,只是怔怔地看着画纸,我看到他的手轻轻地拂过纸面,随后久久地停留在了画中的一个地方,我这才注意到彩虹上还站着两个小人儿,我想,其中一个是林雨桐,另一个是王福生。李春晖的嘴唇微微颤抖起来,接着他抬起头,正对上我的视线。我看到他眼里含着泪,然后他咧开嘴角,笑了起来。

4.

我们走回到路口,我问李春晖接下来是不是要回家,我可以送他。

李春晖说他还不着急回家,因为还有一个地方要去,就在前头,不远,接下来不需要再用车了。我看着他手里捧着的纸盒,看到里面的那袋猫粮,看着只剩下一把的量。在注意到我的视线后,李春晖告诉我,这袋猫粮是夏天最喜欢吃的,现在夏天已经不在他身边了。他现在要去的,是埋下夏天的地方,去跟它说说话。我沉默了会儿,跟他交换微信,接着与他挥手告别。可我的思绪始终不能平静,这一天听到的故事在我脑海里循环播放,我把他向我讲述的故事与一天的旅途连接在了一起,忽然意识到这一趟简直就像是他的告别之旅,他来见的每一个人都是那么重要,而每一次的告别,都像刚刚在餐馆门前的告别一样,每个人都郑重其事。我想起他放在小姜书店的那三本书,想起他离开刘家村时苍白的脸色,模模糊糊地意识到了什么。我猛然回过头,看到李春晖的背影,看到他的步伐很缓慢,看到他向前走了几步,看到他即将踏入路灯的光圈里。我

不由自主地喊了一句:

"李春晖!"

他又向前走了一小步,就停在那个光圈里,回过身,缓慢又郑重地对我说:

"谢谢你听完了我一生的故事,陈希,祝你好运,再见!"

"回头见!"

我大声说。

我很高兴自己也跟他说了那句"回头见"。

像那天遇到的所有人对他说的一样。

尾声

THE ENDING

此刻是春天

一年又八个月后

这一天阳光明媚,河岸边的柳枝被春风唤醒,白色的柳絮在风中飞扬,眼前开满了五颜六色的花。春天,就是风给世界重新上色的季节。四月的风真的很温柔,无论你走在哪儿,眼前是什么样的风景,在风吹过脸庞的时候,你都会听到它轻轻地告诉你,春天近在眼前,就在你的身边。我在三天前收到了一条微信,来自李春晖,但发送信息的人却不是他。我在那条熟悉的河边坐了会儿,终于起身去往一个地方,微信信息还告诉我,那个地方是李春晖选的,说他想了很久,最后他还是想在离那条河尽可能近的地方与我们见面,想最后看看那里的春天,看看那条缓

尾 声

缓向前的河,他就是在那里,遇到了许许多多值得纪念的日子。我手里还捧着一束花,这一次,我对这束花特别熟悉。

"你肯定喜欢,刚开的玫瑰,跟你送翠青姨的是一个品种。"我走上前,晃了晃手里的花,把它轻轻地放在桌上。我对着遗像鞠了三个躬,照片里的李春晖跟我当时所见到的他不太一样。照片里的他看起来眼神是那么有力,脸上的笑容是那么真实,脸也很圆润,头上没有一根白发,额头也没有生出皱纹。我相信他是特意选了这张照片,因为我认得出,这就是我在餐馆的照片里看到的李春晖。我知道这是他想留给我们的最后印象。

站在我身旁的姜越说:"我听你的,真把书店名字改成老姜书店了,要是以后没生意了,我可就怪你。"这一次我见到了姜越身旁的她,她对着照片说:"那三本书我看了,很好读。"

刘翠青把两颗糖放在了桌上,说:"今天我们都来看你了,你放心,院里头的花都开得很好,新的种子也发芽了,我也没有被电信诈骗,就是有时想想,要真有个人长着你的脸,有着你的声音,能跟他说说话也不错。你放心,我肯定是不会汇钱过去的,就是说说话。"

我的身后还站着杨复兴和杨梓涵,站着几个我不认识的老人,站着几个我不认识的年轻人,这时候我又听到刘翠青说:"你瞧,你的文章,是真的很好,刘家村的人来了,那些大学生也来了。"

杨梓涵把一幅画轻轻放在照片前,说:"李叔,我给你画了彩虹。"

这一次,我看到彩虹上站着的人,多了一个,多了李春晖。

杨复兴搂着女儿的肩膀,说:"我闺女上大学了,我的餐馆也还开着,我们过得都还不错。"

我们站在那儿,各自对李春晖说了一会儿话,与其他来告别的人比起来,我觉得自己更像一个局外人。姜越告诉我,李春晖给我留下了东西,我左思右想,也想不出他留给我的东西是什么,更不明白他为什么要留给我。在我们转过身离开的时候,我看到有个陌生的面容疲惫的老人站在不远处,他的眼圈很红,看着很苍老,佝偻着身子,在风里摇摇晃晃像是站立不住。我们中似乎只有姜越认得他,姜越走到老人身前,对他说了几句话,把什么东西交到了他手里,又轻轻点了点头。

尾 声

接着姜越走向我们，带我们一同去李春晖后来在北京住的出租屋。小区里的绿化很不错，看得出有好好维护，只是垃圾房旁边堆满了垃圾，房子的外立面有些老旧，因为风吹雨淋而变得斑驳，墙皮脱落了好几块，这是我在北京的高楼大厦边常常能看到的景象。这座城市与所有的城市都一样，崭新与陈旧总是挨在一起。李春晖住在三楼，楼里有两部电梯，可怎么等也不来。我们跟随着姜越的脚步一级台阶一级台阶走了上去，他把房门打开后，我发现屋子里的一切都整整齐齐，被收拾得很干净，六个收纳箱放在地上，箱子上贴着捐赠的地址，我知道它们都各有归处。姜越告诉我们，从李春晖搬来之后，这些收纳箱就没怎么打开过，在过去的几个月，他就在这里生活，有力气的时候就出去在附近走走，没力气的时候就在这里读自己喜欢的书，有人来看他的时候就一起说说话，没人来看他的时候就写自己想写的故事，回忆着生命里的每一份相遇，简简单单地生活，接受时间的流逝，等待着自己从树枝上掉落的那一天。然后姜越的诉说忽然停顿了一下，说李春晖最后还强撑着身体，他们两个人一起最后一次整理了收纳箱，在上面贴上了地址。

听到这里时我心里忽然很难过，看着眼前的六个箱子，心想原来一个人一生的痕迹，最后只需要六个收纳箱就可以整理好，就可以被带走。这时候我看到空空荡荡的书架上放着一个纸盒，那纸盒看起来是那么熟悉，于是那个被我反复回忆的夏日，那个在许多年以后依然会鲜明地留在我记忆里的夏日，再一次出现在眼前。

姜越说：
"那是春晖留给我们的。"
我走近的时候看到上面居然也写着我的名字，纸盒被打开后，我看到了熟悉的组合：猫粮、种子和三本书。

一切似乎都回到了我与他相遇的起点。

猫粮一部分留给姜越，一部分留给刘翠青，种子也留给她。三本书中的其中一本，是李春晖自己打印做成的书，没有书名，留给杨梓涵，另一本书上面写着"经营书店的一百种技巧"，看到书名的时候我们都默契地笑了，我们都知道这本书是留给谁的。我没想到三本书中的最后一本是李春晖留给我的，就是史铁生的《我与地坛》，这本我儿时读过，之后再也没有阅读过的书，这本在我们最初相遇时电台播放的书。不知道为什么，我忽然觉得如果不是当

尾 声

时电台里正说着这本书，李春晖也不会开始讲述他的故事，那时候，是所有的契机叠加在了一起。或许这世上的每一份相遇都是意料之外，也都是命中注定。

我接过书的时候觉得它是那么沉，接着我翻开书，看到李春晖在扉页上给我留了一段话，上面写：

"你现在应该真的喜欢上小猫了吧。你的问题终有一天会有清晰的答案的，活下去就知道了。又及：谢谢你提前结束了订单。"

……所以他是从什么时候知道的呢？知道我那时候其实没有多喜欢小猫。

纸盒的最里头，还放着一封写给我们所有人的信。正当我们要打开的时候，门外传来了陌生的声音。她怯生生地靠近我们，小心翼翼地说：

"我是住在旁边的邻居，我记得他，在电梯里遇到他的时候，他总是很有礼貌也很热情地跟我打招呼，我们说过几次话。"

这时候我又听到一个小男孩的声音，原来他一直藏在他妈妈的身后，他探出一个脑袋，说：

"我也记得那个叔叔，前不久我拿着蛋糕回家的时候,在楼下遇到了他,到家以后我听到有人敲门,我妈妈打开门的时候,我看到了那个叔叔。他给我准备了生日礼物,还蹲下祝我生日快乐,每天快乐。我还知道他跟楼下的每只小猫关系都很好,有好几次我看到他把小猫都抓了起来,叔叔跟我说,把小猫都抓起来,是为了给它们看病,给它们找领养。他还告诉我说他有一个很好的朋友,会来帮他。"

那孩子的母亲扶着他的肩膀,说:"我在小区门口就看到你们了,我知道他应该身体不太好,因为有一次我看到他手里拎着在医院拍的 X 光片,他的脸色也很差。上周我就发现屋子里的灯再也没有亮起过,他也没有回来……我还没来得及把孩子的回礼送给他。"

然后她低下了头,沉默了会儿,这时候刘翠青说:"你的心意,他一定会知道的。"

"那个叔叔是个什么样的人呢?"小男孩用稚嫩的声音问。

男孩的母亲刚想对男孩说句什么,却看到了姜越的笑容。姜越说:"这个问题嘛,你问得刚刚好,等我们看完信再告诉你。"

尾声

过去的这段日子，我常常会回头看看最初的那个我，看看那个不太会说话的孩子，我想通过他的视角，来告诉我自己，我这一生是不是有意义。那时候我多么希望未来的自己能够成为一个有价值的人，成为一个了不起的作家，写下的文字，能在这个世界上留下痕迹。

我好像没能活成我想要的那个样子，但奇妙的是，意识到这一点后，我反倒没有任何失落和难过的感受。

最近这段时间，我脑海里常常回响着雨桐的那句话："水是流动的，人也是流动的。"

水是流动的，有时候它是那么渺小，有时候又是那么宏大，看似毫不相干，却又紧密联系在一起。我们都喜欢看大海，却忘了落在生命里的那些雨，也曾是大海的一部分，那些看似遥不可及的云，其实也曾住在我们身边。

我也一样，我的生活也一样，有时候美好，有时候糟糕，有时候幸福，有时候痛苦，有时候得到，有时候失去，唯一不变的，就是时间一直在流逝，生活在继续，而我其实一直都拥有生活。从前我只想活在人生的春天里，活在

此刻是春天

那些登顶的时刻里，后来才发觉，生活就像四季变换，没有永恒的春天，也没有永恒的冬天，我也不可能永远留在人生的山顶生活。现在我喜欢每一座山，因为我有很好很好的回忆，它发生在每一段旅途中，它是我下雨时的伞，是天冷后我能给自己添上的衣服，于是我就能在最难过的时候，又向前活过一天，也因为又向前活过了一天，又遇到了一个新的很好的回忆。

生命中所有的得到和失去都是相互依存的。

生命的力量就在于流动，流动的风，流动的颜色，流动的声音，所以我们的内心哪怕蒙上了灰尘，也会有一阵又一阵风刮过，风每刮过一次，灰尘就会少一点。

我所经历的一切都是我生活的一部分，所以我如今可以这么回答你们：

我很幸运，我遇到了一阵又一阵很好的风，在生命的每一个裂缝里，因为这些风的存在，哪怕是在冬天里，我也能在某些瞬间遇到春天，所以我想，我的人生旅途还算不错。

当你们看到这篇文章的时候，我应该已经不在这个世界上了。

这也算是我留给世界的最后一篇文章，我果然还是没

尾声

有成为作家的天赋啊。(笑)

不用替我难过,想想我能见到母亲,能见到雨桐,能跟她们说说后来发生的故事,我就觉得很踏实,她们也一定都会很喜欢。

我领悟到的最后一件事,就是即便不能成为作家,我依然可以写作,写作本身就能带给我全部,写作本身就是意义。一个人有没有价值,一件事能不能做成,最后能不能有用,这些啊,或许从一开始就不重要。一路上遇到的所有事、所有人,本身就是这世上的无价之宝;一个人能把握住的每个此刻,都是将来回忆里的春天。

看到这封信的你,好好吃饭。

只要一个人还能吃得下饭,就不会轻易地被打败。

又及:天气好的时候,我会变成一只白色小猫回来跟你们打招呼。

又及:如果可以,请帮我照顾好那些暂时还没有被领养出去的小猫,它们都很乖。

姜越把信纸轻轻合上,对小男孩说:

"他叫李春晖,是我们的朋友,他的故事很长,需要一段时间才能讲完,其中有一些事,你长大以后才能明白,这样你还愿意听吗?"

我看到小男孩认真地点了点头,于是姜越继续说:

"我先告诉你哟,他的故事没有小说里的那么精彩,也没有电视里的人那么成功。但我们都很喜欢他的故事,都很喜欢这个人,这里的每个人都很想念他。"

姜越缓缓说起李春晖的故事,他是那个见证了朋友所有重要的瞬间,能复述对方一生的人。窗外的阳光渐渐地找到了我们,静悄悄地照在我们每个人身上,也照在那六个收纳箱上。这一刻我忽然意识到,李春晖留下的痕迹不是这六个箱子就能打包带走的,它留在我们每个人身上,只要我们还在,就永远在。

我听着姜越的讲述,恍惚间又回到了第一次见到李春晖的那天,这之后我什么都听不到了,只能听到自己的呼吸声,我看向窗外,看到树上的新叶,看到它们在风里轻轻摇晃,看到阳光也照在它们身上,让树叶的绿色也透着一丝暖意,空气里弥漫着花香,不远的天空中还停着两只风筝。接着我静静地闭上眼睛,想起了我对李春晖的提问,

尾声

所以意义是什么呢?如果放在从前,我会觉得李春晖的生活好像没有什么意义,但我又为什么觉得他的故事是那么值得被听见呢?

我感受着握在手里的书的重量,我忽然真正听懂了李春晖的故事,也明白了他为什么要把这本书留给我。

意义不是一个结果,意义是一个过程,它从来不在山的另一边。我们在攀登的路上遇到了什么,什么就是意义。所以,管他呢,虽然我还不知道自己能做什么,真正喜欢做什么,但我还能选择好好度过每一天,昨天,今天,明天,都同样重要。我决定不再忽略生活,我要去认识见到的每一朵花,去读遇到的每一本书,去做好手头的每一件事,等待着那只白色小猫回来跟我打招呼的那天。

"李春晖,谢谢你告诉了我你一生的故事。回头见。"

我在心里默念着,接着我睁开双眼,似乎有什么东西落在手心。

我握紧了拳,用力地抓住了它。

(全文完)

后记

AFTERWORD

此刻是春天

此 刻 是 春 天

　　每当我的思绪陷入死胡同的时候,我都会选择用写作来调整自己。

　　换句话说,我始终觉得,一个人还是应当为自己写点什么。因为在生活中,不是所有的思绪都能与人分享,更多时候,就连我们自己都不知道应该从何说起,只有用文字记录下来,才能在迷雾中慢慢找到方向。

　　长久以来,困扰我的,是"人生的意义"。

　　不知道从什么时候起,我发觉事与愿违才是生活的常态,有时候是发觉自己没有想象中那么有天赋,有时候是因为生活太过无常,就好像本来好端端地走着一条路,忽然,那条路变得模糊不清,下一秒,那条路就消失了。

　　在二〇二四年的某一天,我在日常的阅读中读到了叔

本华的一句话:

每一天都是一段短暂的生活:早上醒来就是诞生,晚上睡眠就是死亡和结束。

在下个瞬间,我就坐在了书桌前,开始构思这本书的故事。

那时候脑袋里没有大纲,是写着写着逐渐变得清晰的。我还记得光是开头就写了四五个版本,怎么写都觉得不满意,写了删删了写。在去年的十一月,我生了一场病,脑袋昏昏沉沉,奇妙的是,这本书的大纲和结构,就是在那时候跳进我脑海里的。

后来想想,或许这是因为我在一遍遍敲着灵感的大门,于是它偶然眷顾了我一次。

那些被删掉的文字也不是完全没有用上,它们穿插在新书的各个章节里。

这让我体会到,那些我们所经历过的事,在当下似乎没有什么用,但它们会是日后生活的基石。

在今年春节后,写作迈向全书的最后三分之一,这时候我又停顿了很久。不知道为什么,我忽然觉得生的力量是那么微不足道，因为死的力量太大，我自觉在叙事上失去了平衡。后来，我走出了家门，感受到了吹过的风，看到树枝长出了新绿，忽然觉得生的一切就在于流动。倘若死亡是凝固的夜晚，生就是升起的朝阳和流动的微风，于是我的写作顺畅了，用流动去对抗凝固，就知道怎么用生来平衡死。

读完整本书的你，或许也会有这样的感受：

我们每个人的命运都像是一条河流，有时候渺小，有时候波澜壮阔，有时候路过阳光闪着金色的光，有时候因为丛林密布而没有一丝光亮，唯一不变的，是河流始终向前。我们不会停留在痛苦的地方，也不会停留在开心的地方。

换句话说，我们所拥有的，只有此时此刻。那么，在生命的旅途中遇到的所有光明、日光、微风、晚霞、日落、潮汐、生长，以及目之所及的所有颜色，就是我们生命的全部，也是我们生命的意义。

这就是写完整本书之后，我给自己的答案。

后记

感谢我的编辑团队，陈鹏、宋静雯、刘珣和焦亚楠，感谢博集天卷的每一位同事。没有你们，毫无疑问，就没有这本书。

感谢你的选择和时间，也谢谢你读完了李春晖的一生。

我常觉得，所谓朋友，就是愿意给彼此时间的人，所以读者与作者，一定也是朋友。

既然是朋友，那么还有最后一些话想对你说：

有自己喜欢的事物的时候，不要放弃自己的喜欢，哪怕看似什么都做不到；没有自己喜欢的事物的时候，不要放弃自己的生活，哪怕看似哪里都去不了。

因为走得快与慢其实并没有那么重要，重要的从来都是我们能在路上感受到哪些。就好像一条路走得很远当然能看到许多风景，但慢慢走，一样也能看到风景，在这时候，我们才能够意识到周遭的一切也是风景。

道阻且长，能让我们走下去的，本就是脚下的一切，是眼前的生动。

在这个川流不息的时代里,慢慢走,也很好。

我们下本书再见。

以上。
祝我们永远都能抓住那些很好的瞬间。
祝你早安午安晚安,祉猷并茂,顺遂无虞。

© 中南博集天卷文化传媒有限公司。本书版权受法律保护。未经权利人许可，任何人不得以任何方式使用本书包括正文、插图、封面、版式等任何部分内容，违者将受到法律制裁。

图书在版编目（CIP）数据

此刻是春天 / 卢思浩著. -- 长沙：湖南文艺出版社，2025.7. --ISBN 978-7-5726-2526-8

Ⅰ. I247.5

中国国家版本馆CIP数据核字第20257HF753号

上架建议：畅销·长篇小说

CIKE SHI CHUNTIAN
此刻是春天

著　　者：卢思浩
出 版 人：陈新文
责任编辑：欧阳臻莹
监　　制：毛闽峰
策划编辑：陈　鹏
特约编辑：赵志华
营销编辑：宋　宋　刘　珣　李春雪
装帧设计：梁秋晨
封面插图：鹿寻光
出　　版：湖南文艺出版社
　　　　　（长沙市雨花区东二环一段508号　邮编：410014）
网　　址：www.hnwy.net
印　　刷：北京中科印刷有限公司
经　　销：新华书店
开　　本：815 mm × 1120 mm　1/32
字　　数：163千字
印　　张：8.875
版　　次：2025年7月第1版
印　　次：2025年7月第1次印刷
书　　号：ISBN 978-7-5726-2526-8
定　　价：51.80元

若有质量问题，请致电质量监督电话：010-59096394
团购电话：010-59320018